随行漫韵

王俊锁 著

新疆生产建设兵团出版社

图书在版编目(CIP)数据

随行漫韵 / 王俊锁著. —— 五家渠:新疆生产建设
兵团出版社, 2022.10（2024.4重印）
ISBN 978-7-5574-2014-7

Ⅰ.①随… Ⅱ.①王… Ⅲ.①诗词—作品集—中国—
当代 Ⅳ.①I227

中国版本图书馆CIP数据核字(2022)第221832号

责任编辑:李书群　　　　责任校对:马弘瑞　　　　封面设计:王　江

随行漫韵
SUIXINGMANYUN

出版/新疆生产建设兵团出版社
印刷/永清县晔盛亚胶印有限公司
版次:2022年10月第1版　　　　　　印次:2024年4月第2次印刷
开本:787毫米×1092毫米 1/16　　　印张:12　　字数:110千字

新疆生产建设兵团出版社
ISBN 978-7-5574-2014-7　　定价:56.00元
邮购地址 831300　　新疆五家渠市迎宾路619号
电话:0994-5677116　　0994-5677185
传真:0994-5677519

題随行漫韵付梓

柏扶疏

江山卉锦待谁裁，天赋诗仙梦笔开。
读句常愁识花味，恰逢行韵入吟怀。

江山卉锦待谁裁 天生诗韵儿
爱聋品读川多愁峰老味懂逢
行韵入吟怀

题随行漫韵大作付梓
扶疏

晓越太行山智月穿千峰随壁转万岭
曙光環路曲攀崖紧涧深比乃藍扶摇
几百里陡降四千三

录贾大一俊铺晓行太行山
鸾华河北凤城兰记

2002 年，在新疆尼勒克参加哈萨克族纳吾鲁孜节活动

2021 年，于山东东营

战友情深

光荣入伍

校学同旅

新训剪影

寻槐问根

致敬英雄

丹河新貌

高铁驰旋

2016 年，在新疆赛里木湖

2010 年，于汾河源头

2019 年，在湖北武汉

2016 年，与爱人在壶口瀑布

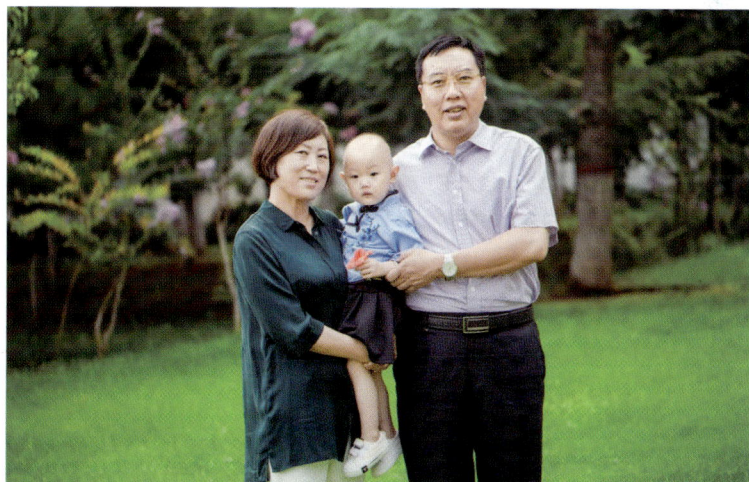

2018 年，与爱人和孙女合影

塞外蜂山铁血魂 寻情万里赴边门

楼轩纵宇浮丽日 雪映宝辉环

荧煜喝喊声迎操步紧枪鸣弹

急幕霞在夜末垂西温奇梦

还我青葱十八春

重回警营诗二首

壬寅仲秋王俊锋书

作者手迹

序

齐荣景

　　王俊锁先生，山西高平人，部队服役二十四年，后转业从事公务工作。

　　王先生酷爱传统诗词，坚持诗词创作多年，自称一诗痴。我与先生素昧平生，只是偶然机会在中华诗词论坛燕赵风骨专栏上看到先生的诗词作品，才有所了解。先生的作品朝气蓬勃、意气风发，有气吞山河之力，我很是喜爱，但与先生并没有言语上的交流。前些天突然收到先生的短信，嘱我为先生的诗词集作序，心里很是犹豫，因为，我并不认识先生，更没有交往，先生为什么要我为之作序呢？况且我也没有为任何人的著作做过序，只怕自己不能胜任这一重任。可转念又一想，既然先生这么信任我，而且先生的诗词又写得这么有个性。我又怎能说不呢？于是就答应下来。可是时间过去一个月了，我还没有铺纸，先生的书等着出版，又不好意思催我，我得有点自觉吧。

　　我读先生的诗词，总是很激动，他的诗总能拨动我的心弦，细细品味，余音袅袅，总有说不出的感慨，总结起来有以下几点心得。

一、阳光灿烂的神韵

　　读王先生的诗词，总有一种阳光灿烂的敞亮感。这倒不是说

作者的诗词都是写春晴冬暖的，而是说作者诗词中的景象总是那么宏大，诗中的情感总是充满活力，胸怀是敞开的，像阳光一样明快爽朗，总给读者一种开怀的豪放和腾升的力量。如这首《赴英雄故里拾忆》：

气轩晨宇皠光行，鹊劭仙枝花笑迎。

来水嘤咛环殿阁，捣衣声念犬依鸣。

高低云树窝巢借，曲壑旋凹房院争。

失忆乡愁碾河底，英魂泪见荡潮生。

这首诗是瞻仰参观抗美援朝一级战斗英雄崔建国家乡后写的。英雄的家乡是一个美丽富饶的地方。怀念英雄不直接写人和怀念，反而大书特书家乡的美丽可爱。这样的构思不但不会冲淡对英雄的怀念，反而从侧面衬托出英雄爱国爱家乡的感情，更加表现出英雄保国卫家、不怕牺牲的英雄精神，高贵品格。就像看电影《英雄儿女》，听到《我的祖国》的插曲，使读者更加感动一样，起到了更强烈的艺术效果。这样写，就很阳光，让人在美的感受中对英雄更加敬仰，更加怀念。再如《自嘲》诗：

气旋皓宇捉晨光，曙浴霞飞思岸旁。

所幸今生钟墨客，无心索句偶成章。

娴来步履追云去，假略山河还愿偿。

敢问江流谁映照？放言代月把情狂。

诗中充满了朝气，充满了自信，可以感受到作者阳光的人生，敞亮的胸怀。喜爱山水，是诗人的共性。而王先生笔下的大自然，是充满活力的，是壮美的。尾联抒情大气豪放，似乎能看到诗人激动的形象，听到诗人心脏怦怦跳动的声音。再举写雪景的《雪飞晨岸》为例：

> 冰耀寒光映，潺流镜下清。
> 岸边垂汛柳，岁杪冀春盈。
> 本乃同时是，今晨无迹行。
> 只因灿玉雪，泪咽把嬉惊！

有句老话：冬天到了，春天还会遥远吗？这首诗虽是写冰雪的，但并没有严寒和荒凉，倒是给人一种初春的感觉。诗人看到美丽的雪景，无比的开心，高兴的眼泪都出来啦。诗人的笔下，一切都是美好的，都充满了光明和温馨。再如《秋晨公园闲步所见随笔》：

> 旭耀珠悬凝露白，荷塘楼鉴色层菲。
> 玄桥影月音弦醉，蒲苇恭迎食鸟归。

旭日映照在露珠上，会变幻出一千颗太阳；高楼倒映在荷塘里，摇曳着影影绰绰的倒影，到了夜晚，水中月，柳边桥，池中蒲，已眠鸟。好一幅田园美景，可谓诗中有画。这首诗写得都是静景，但仍然蕴含着隐隐的生机。作者笔下的景物是朝气蓬勃的，是醉

人情怀的。这是因为作者的胸怀是阳光的，是灿烂的。作品是作者心灵的倒影，心灵美丽，作品就会更美丽。正如作者后记中所说："向来喜山好水，自然也在其中而美不胜收。每每徜徉于名胜之端、云水之间，总有说不出的激动，总想付诸笔端陈情告白。"

王先生作品的阳光神韵，还表现在题材上，在这部诗集中，写春天、写秋天、写早晨的作品占很大一部分。反映了作者对春阳、春风、春花的热爱，对旭日、朝霞、平和的亲近，对秋实、秋露、秋山的认同。在作者的笔下，万物充满了生机，生活充满了阳光，世界是个和谐的存在。如这首《秋至伊犁》看伊犁秋天鸟瞰图有感：

> 峰巅飞雪雁成行，林海淘新绚彩装。
>
> 晓起霜雕川走秀，晚来霞煜帔山黄。
>
> 渔歌击水风掀浪，粟稻飘香诗作仓。
>
> 欣览稔秋柔穆景，人间虽有但无双。

诗人笔下的秋天不是衰老的季节，不是寒风萧瑟的季节，没有人生的叹息，没有衰老的颓废，而是丰实的季节，是多彩的世界，是令人向往的世界。有的是对生活的希望，有的是丰收的喜悦，有的是对艰辛劳作的赞叹和感动。

在这部诗词集里，看不到悲悲切切的呻吟，戚戚哀哀的叹息，看不到衰花败草的凄凉，严冬酷夏的无奈，因而也就没有矫揉造作，没有无病呻吟。几乎所有的作品都充满着灿烂的阳光，充满着温暖，因而也就充满着艺术的真实。

二、激情四射的心志

充满阳光的作品，一定充满着激情，充满着力量。像青春活跃，像春风浩荡。王先生的作品正是富于青春的激发，力量的凝聚。如这首《鸣鹤顾春》：

菲城素墨晕昏天，绦柳顾思岸上眠。
一鹤仙鸣惊阙宇，几泓灵毓画晴妍。
梦牵横笛春心悦，魂念琼花片雪笺。
如有腾兮鸿鹄日，也教烟雨荡浮悬。

一句"如有腾兮鸿鹄日，也教烟雨荡浮悬"，抒发了诗人高远的志向。先写景，后言志，借景抒情，立意高远，给人力量、催人上进，表达了作者积极的人生态度。王先生的作品积极向上，充满正能量，这样的诗句随处都可以找到。列举几例：

虎岁题春思往事，劲风帆满奋蹄催。

——《辛丑年初二晨鉴》

毫釐仍怀年少梦，从飞玉宇耀更天！

——《颂张云贵老师》

庇荫百代先贤骥，朽尽青葱伏枥嘉。

——《咏石末酸枣王》

为有旋行扶日月，勒承愚志代相传！

——《贺晋焦高铁通车二》

诗中的感情像春风激荡，像波涛涌流，像锐锋破云，是青春活力的迸发！

作者在写景上，总是选取宏大、开阔的大场景。以形壮势，赋予景象以力量，让景物都活起来，成为力量的象征。可以看出，作者是在刻意架构宏伟、壮阔的诗境。《张峰水库》就是这样的一首七律。

库堰森森浩渺山，岛湖入画景仙珊。

洞悬弧瀑来神笔，浪卷沙洲滢紫寒。

狂泻奔流涌涛岸，飙飘漫溢惠农繁。

阶登步揽台河闪，靛海飞云帆壮观。

库堰高耸，是宏伟之势；群山浩渺，是辽阔之境；洞悬弧瀑，似倾倒之象；狂泻奔流，涵吞吐之气。这样的气象，好不壮观。塑造景物的形势，赋予景物以力量，这是王先生诗作的一个特点，一个信念。再如《映月寺》：

碧水轻云映涧空，依山筑寺势如虹。

岩峰形异峡中秀，曲道旋回壁上弓。

瀑雨飞流泻银梦，根槐盘碾偃清淙。

假闲休逸来民宿，石砌排房墨画隆。

碧水是地上的，轻云是天上的，二者构成空旷的山涧，这才有"依山筑寺势如虹"。然后具体写：岩峰险秀，曲道挂壁、飞流泻梦，景物各有气势。就连盘根错节的古槐石碾，也有自己的个性。诗人在写景时，善于发现景物内在的"势"，以及这种势中蕴含着的力量、生机。

序

《闲谈四季》

雾在山间起，雷从野径生。
春来云岫喜，夏捧物华盈。
风逐清流水，秋衔硕果行。
雨唅黄叶远，冬至雪欢情。

把四个季节浓缩在一首五言诗中，写法与众不同。春华秋实，夏炎冬寒。一般写四季都是这样写。王先生却另辟蹊径。写春天的生机，"雾在山间起，雷从野径生"；写夏天的繁华，"夏捧物华盈"；写秋天的清幽和充实，"风逐清流水，秋衔硕果行"；写冬天雪给诗人带来的喜悦，"冬至雪欢情"。一扫世态炎凉，春愁秋思的固态老套，像个小孩似的，在时光的长河中自由自在地游淌。

再如："蔓柳柔丝闲作影，远山羞赧浣痴神"（《雾晨》）。上句写柳丝，是近景，下句写远山，是远景，远近映衬，既不虚渺，又荡气回肠。立意高远，这样的写法在很多诗词中都有出现。

"辽原阔宇悬河溢，亘古奔嘶沧海桑"（《出行小浪底》）。辽原阔宇，悬河奔嘶，写出黄河的如万马奔腾之势，这是中华民

族母亲河的气量，是中华民族的倔强性格。也折射出诗人心志的强烈追求，表现了大自然的力量，民族的精神，个体的心志三者完美的统一。

王先生笔下的景物，有粗犷美，也有精致美，精致中有力量，粗犷中有精神。《早走晋城两河公园拾遗》：

> 盈流观日月，市井闹中清。
> 烟柳梳城廓，色花奇探亭。
> 燕梭频互映，兰草逗飞莺。
> 四季宜居景，苏杭不去行！

这首诗就写得精致，每一景物都真真切切，鲜活生动。整体看又很大气，很丰富，很有生机。再看下一首，《晓行太行山》：

> 晓越太行山，如同日月穿。
> 千峰随壁转，万岭曙光环。
> 路曲攀崖紧，涧深流水蓝。
> 扶摇几百里，广野茂原欢。

这首就很粗犷。作者好像驾驭了整个宇宙，如果说，诗有雄浑之气象，王先生当之无愧。诗人喜爱大自然，是因为他能在大自然中找到自己。我们在这首诗里是不是可以读到大山的坚定，阳光的灿烂，攀登者的勇敢，和大自然的率性，而这些也应该是作者性格的写照。

作者当过兵，性格中流淌着军人的气质，直率、坚毅、磊落、担当这些军人的品质都融化在他的诗作中。我们看看他的军旅诗，《车行吐鲁番（蜂腰体）》：

雪山高耸彩云飞，戈壁沙滩紧后追。

银路遥天归一处，峰云聚日幻三维。

风电高悬光伏艳，瓜洲绿海坎儿随。

葡萄沟里葡萄兴，千佛洞前弹唱谁？

大西北是最艰苦的地方，也是磨炼意志的地方，那里有广袤的沙漠，也有美丽的葡萄园。军人的性格应该是和瀚海一样辽阔，和午阳一样火热，和沙漠中的绿洲一样生机勃勃吧。这首诗就是军人性格的写照！作者对美丽壮观景物的赞美，总隐含着有一种不甘居下，积极攀登的心情和征服的期望。《车过天山赋怀》：

青松劲挺雾轻妍，数点毡房跃画鲜。

雪傲孤峰云守望，崖衔巨磊鹫盘旋。

湍溪径下九天外，彩练横空广漠间。

银路蜿蜒直贯顶，会霄聚宇揽穹原。

天山地处祖国边陲，历来为战士戍边屯垦之地，古人反映军旅生活的诗和典也颇多：或表达战争之状态，如典自《旧唐书》八十三卷《薛仁贵列传》"将军三箭定天山，战士长歌入汉关"；

或写环境之恶劣，如陈羽的《从军行》"海畔风吹冻泥裂，枯桐叶落枝梢折"；或写戍边思归，如李益的《从军北征》"碛里征人三十万，一时回首月中看"。而在王先生的诗中，天山是壮美的。劲松挺拔、雪峰傲云、湍溪径下、彩练横空，没有一点苦寒惨淡的情感，这固然是时代变了，诗有着强烈的时代色彩。另一方面，也是作者进取精神、乐观态度、热爱祖国感情的体现。

在《练兵对抗赛》中，表现出了一个戍边战士的豪情壮志。

> 弯月垂西夜幕轻，孤坟独蹈砺精英。
>
> 风高疾矢空明弹，虎斗龙争不了情。

从军旅生活中，我们读到了作者的战士情怀，读到了祖国的大好河山，读到了诗人的爱国情感。读到了一个有史以来最为强大的新时代。《走南林高速有感》：

> 峰严壁磊立雄关，桥隧洞旋曲线环。
>
> 涧下有村三两户，径梯无路五七盘。
>
> 太行自古难翻越，漳水入林何用谈？
>
> 今看渠悬高路嵌，才知万事志须坚！

诗言志，这个志绝非是伤痕的呻吟，绝非是苦难的夸张，绝非是末路的无奈。绝非像有些人说的那样，文学就是要写苦难。甚至为了写苦难，不惜以一代万，夸大其词。而应是理想的追求，应是真理的坚持，应是仁爱的实施，应是坚强的努力，应是正能量的传递。

三、绚丽多彩的语言风格

诗是语言的艺术，语言风格是构成诗人创作风格的主要成分。运用好语言是诗人的基本功。王先生的语言风格是明快爽朗，绚丽多彩的。表现在用词上，多采用生动有力量的动词和壮美的形容词。如《画暄三九晨》：

> 冷树寒晨窔，流河撕夜惊。
> 鹭飞宣色暖，鸭见喜娱情。
> 镜水邀天画，笔端毫墨滢。
> 渚洲霜地瘦，嵌入准灵轻。

"撕"一个字，使寂寥的冬晨有了生机，有了生命，有了人情味。用字虽险，出人意料，但有形有声，有力量，能震撼人心。另外，暖、滢形容词也用得非常好，把个严冬的早晨写得很暖人，给读者以初春的感觉，甚至让人想到那句"冬天到了，春天还会远吗"的哲理。《晨云幻变》：

> 晨秋霜叶白，云墨黛山苍。
> 鸟缱庄村寂，霞丹幕浴光。
> 东天升日耀，西境雾翻黄。
> 宇丽芳云熳，嶂清松柏昂。
> 风寒拂面瘦，丝泪帐纱藏。

这首诗观察细致，从形、色、光、感多个角度描写景物的丰富多彩，给人以应接不暇的美感。

《和 谐》

——观王敬乾委员《妖娆大漠》摄影作有感

云碧天蓝旭日威，漠风绿野景相徽。

胡杨扎土枝叶展，红柳浮沙身卷摧。

物宝深藏无异表，气华溢智有神飞。

荒疏地域且妖魅，皓月尧乡更熠辉。

可作为整部作品的中心主题：和谐的、天人合一的、人和自然的生存关系；和平的、充满爱心的社会关系；和善的、充满正能量的审美价值；和乐的、积极的人生态度、上进的人生价值观。

在《南寨暮色》诗中，诗人描写农村暮色，是这样写的：

"风衔枝叶笛娴递，夜挑灯笼墨画开"。动词"衔"用的形象生动，让人咂嘴称赞。宁静的夜晚像一幅水墨画，在灯光和星光的点缀下，或可勾勒出村庄的轮廓，小河流水的静影，给人以身临其境的感觉。这一句堪称佳句。

再摘几例：

"自此源流传吾手，定教普世溢花香"（《上海外滩》）。诗句表现了作者承传祖国优秀文化强烈的责任心和自信心，很有张力，这样坚定的信念很有感染力，甚至可以起到口号号召的作用。

"惊雷炸响风神助，倾雨洪流魔遁形"（《驱瘟神》）。这是何等的气势！比喻全国在党和政府领导下，团结抗疫，步调一致，雷厉风行，一举得胜。没有比这样的比喻更贴切的了。

"桃花仙子闻声舞，赧面羞红迎客来"（《游后山桃花庄》）。闻声舞、迎客来都是人的动作行为，拟人手法，用得生动鲜活。

作者笔下的风景总是充满勃勃生机，充满力量，总是那么阳光。作品的语言明快、爽朗，直抒胸臆，善于用比喻和拟人手法，表现积极向上、热情奔放、坚定自信的心志。

爱用惊人语，爱用惊险有力量的动词、形容词，爱用比拟。由此形成诗人的语言艺术特点。

王先生的诗词取材于平凡的生活，表现的是正确的人生观和价值观，思想感情上有着青年人的热情和积极向上的活力。艺术上有一定的造诣，阳光的精神内涵，心志的积极进取，语言上大胆活用动词和形容词，三者有机地融合在一起，正在形成诗人自己的创作风格。

清李调元《雨村诗话》卷下："作诗须用活字，使天地人物，一入笔下，俱活泼如蠕动，方妙。杜诗'客睡何曾着，秋天不肯明'，'肯'字是也。即元方回《瀛奎律髓》之所谓'眼'也。"活字即字眼。这里所说的活字就是恰当灵活地使用动词、形容词。王先生的诗词多采用拟人手法用人的动作、态度、形象来描写景物，使景物更生动，诗意更灵动。

《诗人玉屑》卷十八：评黄庭坚好用奇字之弊。"自以为工，其实所见之僻也。故句虽新奇，而气乏浑厚"，有"端求古人遗，琢抉手不停。方其得玑羽，往往失鹏鲸"之弊。这也是古人对诗

人的忠告。或者王先生在用词方面也有不确切，欠推敲的地方，引以为戒。

无己诗云："学诗如学仙，时至骨自换"。山谷亦有："学诗如学道"之语。可见写诗是需要像王先生一样痴心专意的。

最后用王先生的一首《军旅舒怀》作结束语：

投笔从戎万里遥，胸怀四宇卫边霄。
崇心竟武凌宏志，豪墨娴文岁月涛。
冰雪欣当消渴水，苦辛闷向问诗潮。
回思漫漫军营路，无愧家天不负朝。

这既是诗人自己的人生感悟，也可看作是这部诗集的成就总结。谨记。

2022.04.10

齐荣景：男，汉族，网名木影，1948年3月27日生。中华诗词论坛燕赵风骨版首席版主、隆尧诗词学会副会长、邢台市诗词学会理事、河北省作协会员、河北诗词学会会员、中华诗词学会会员。出版诗集有《追太阳的孩子》（1998年），《东坡竹》（2005年）。2011年12月由黄莽（山水悟道）策划出版了其《太行吟草》诗词选集。

目　　录

8

秋 月 挽 思

也曾卧雪饮冰沙，势碾危峰接万霞。

徙木崇心征塞远，腔忱热血戍边涯。

今居榆枣结诗伴，甘将枋①楠付韵华。

迟岁笔耕闲未止，浪沧汹涌但生葭。

2022.10.20

注：①枋：bing，古同"柄"，意为权柄。取之于"羞与楠枋伍，甘居榆枣俦"诗句。

定 风 波
魂 系 军 旅

梦想情思万里重，天山聚会竟葱茏。

旷野繁星荒漠柳，值守！张弦弯月识雕弓。

卧雪冰寒身不屈，搏发！男儿血色当争雄。

戍国荣光添劲迹，竭力！憾中常喜铁墙红。

2022.10.18

空 山 旅 怀

霜留白冠追山远，气压云低四野沉。

流水有声空测耳，街灯无语竞栖禽。

时来鸳侣飞天喜，寒去东风不上心。

且看春梅一枝俏，邀君吹笛呐仙音。

2022.10.16

重阳节寄友

——与青龙书记缘诗结识，因性相近，互访虽少，但意相向……

雪花飘落水流吟，日夜征程沸鼎音。

不见人厮常守望，但思情在意相寻。

机缘天赐虽时往，谊久坤牵昔续今。

只愿生平无岁蹉，青松长忆话风襟。

2022.10.14

采 桑 子
晓 晨 旅 怀

鸡司村野惊谁梦？弦月流清。弦月流清。

白鹭轻旋、星斗冠荫婷。

风寒拂面山行独。曙溢光凝。曙溢光凝。

烟影仙姿、叠宇喷红盈！

2022.10.13

村 山 暮 晚

夕照松涛远，空山逐水流。

鸦旋巢树古，烟起暮村羞。

声响鞭牛近，鹭翩蒲岸幽。

苍茫收大地，月姐挽银钩。

2022.10.10

饺子咏赞

夺得千秋冠，承衔万代辉。

雅身锅守底，热血气中飞。

伤别君难见，喜迎它早晞。

谁人不称赞？元始复来归。

2022.10.09

自　嘲

——晨兴夜寐，多年养成；观景舒情，与诗结缘；捕捉时光，记录流年；虽苦而荣，不亦乐乎？

气旋皓宇捉晨光，曙浴霞飞思岸旁。

所幸今生钟墨客，无心索句偶成章。

娴来步履追云去，假略山河还愿偿。

敢问江流谁映照？放言代月把情狂。

2022.10.08

秋雨探战友而吟

几树青濛阔野新，一川秀丽化烟晨。

梨乡万木分秋色，岭上千家牵梦春。

叙旧情连西域雪，话今泪送往昔贫。

手娴套袋①摘嬉语，目数瓜山欲给亲！

2022.10.07

注：①套袋：摘梨的专用工具。

秋至秋木山庄

——访明清泽商巨贾王泰来故里秋木洼村有感……

劲麦尖尖梯菜盈，幽村神树掩云清。

楼台殿阁悬民口，石马残墙遗众评。

五代经营商贸史，一朝冤佞贱身轻。

帽儿山下还流水，谋事台桥已断横！

2022.10.06

注：神树、帽儿山乃王泰来故里的景物；石马、谋事台乃建筑遗迹；殿阁、楼台是百姓口中称赞的访北京紫禁城修建的北"皇宫"，现已不存。

秋雨一瞥

雾旋万壑添峰秀，雨灌农桑墨画筹。

前岭晒粮忙卷铺，后村打豆袋装秋。

肩挑玉乳^①随云起，采药颠崖^②揽瀑收。

醉看牌中儿女乐，欢情击缶把歌讴。

2022.10.05

注：①玉乳：梨的别称。②颠崖：高耸的山崖；山崖之上。

秋行太行

一

遥车直上俯苍茫，丰色金秋炫太行。

秫米巉边吐珠玉，白泉坡外挂橙黄。

新苗沁绿浮层露，叠翠凝霜焕彩装。

排雁峰头夕颜醉，获收房院满庭光！

二

巅车摇曳入苍茫，田舍鸡乡画采桑。

硕果悬边览珠玉，流泉绕寺送清香。

齐缨劲蕊诗春意，冬菜芬芳掩白霜。

归雁峰头谁墨彩？风言霞乐漫天簧！

2022.10.02

出 太 行

——二〇二二年秋，沿着朱德总司令当年出太行的路线前往青崀村，朝圣红旅，缅怀伟业……

层峰对出跃龙翔，一口①归收万壑长。

岭断崖悬槐梦寄，云乘雾驾路他方。

巉岩②流水浮浪白，呖雁沉鸣禾野香。

遥想狼烟烽火岸，青崀③今日倍思殇？

2022.09.13

注：①口：山谷口。②巉岩：chán yán，高而险的山岩。③青崀：qīng kān，村名。

观友驾车过独库公路视频而吟

酷暑风轻冷入川，悬云壁上码天山。

临高一目万层断，观远千畴百媚蝉。

丛雪鹰盘风荡宇，驰原毡落草鲜蓝。

光弹银曲声流远，晖映穹帷①朝日欢。

2022.08.09

注：①穹帷：指蒙古包、帐篷。

酷夏过历山有感

——酷夏，从临汾回晋城，翻越历山有感……

炎火熏蒸焱燚间，氤氲飘渺映车前。

丛塬碧绿秋容足，沃野气轩春宇芊。

来路旋高云贯顶，去桥夕照水中妍。

风雷拾得桃园句，一洞怡情出雨千。

2022.08.08

注：历山：海拔 2358 米，属中条山系，位于山西省沁水、翼城、垣曲、阳城四县交界之处。

伏　晨

湿枕难求觉，鸣蝉睡更怜。

天炎捕盒气，渔早获鱼鲜。

身入蒸浴里，神游芳翠间。

如无严暑至，岂有色秋妍。

2022.08.05

暑 雨 后

潇雨连天广莽间，涛山瀑海暑消炎。

千流竞涌飞白浪，万壑颜青绘紫鲜。

鸣翠蝉歌喧午曲，嘉禾拔萃夜弹眠。

轻云停脚来吟兴，辉就虹旋异彩翩！

2022.07.26

情寄家山汤王庙

——是日，汤王庙会，环揽闲游汤王山而吟……

云蔽村山绿貌扬，径旋曲陡兽禽藏。

蛙鸣池泳思童趣，食鸟捕蝉充腹香。

晓挑生活装日月，昏收逸事垒时光。

喜观高铁城轩煜，无限儿憧得梦偿！

2022.07.24

放歌新时代，喜迎二十大

一

一湖烟雨荡风娇，首聚南昌小试刀。

卧雪含冰淬星火，征尘涉水浪经涛。

拯危协难慷崇义，统战共谋驱日骁。

为勉山河新破碎，雄师百万付江潮。

二

长夜期明刚得晓，黑云一道逆边朝。

因烟约契曾心病，虽远必诛雄汉骄。

廿万贤英慷慨去，百年悲魇遁形逃。

节食缩项谋核定，筑梦飞天宫月邀。

三

贫困也曾国事大，小康泛可考诗经。

谋福本乃初心就，航稳还需把舵行。

破缚迎新求剑戟，文明插翼向云轻。

卌①年一瞬今回首，天问问天②频叩庭！

四

列车驶入新时代，协力同心复兴程。

去浊清源固根本，强军步稳护糕烹。

疫防突显制优越，环保殷歀众望成。

堪幸今朝当奋勇，不留遗憾悔生平。

2022.07.01

注：①卌：xì，数目，四十。②天问、问天：指屈原的《天问》诗幻和当年发射的问天空天实验舱。

清 平 乐
曦 晨 殷 鉴

楼巅晖耀，柳冠金丝罩。

翠悦童心莺语早，黑鹳翩跶食召。

水影舒秀凌清，新蟾试乐声咛。

谁赏鸳鸯戏逗？霞光拓宇来情！

2022.06.16

清 平 乐
园 夏 晨 赋

孔桥烟柳，潭里温馨藕。

明澈彤云相媚秀，旭映楼高仙就！

花蕊竞曳菖蒲，画梯麦绣金储。

桑葚鲜禾庆喜，谷吟声撵催夫！

2022.06.14

雨 后 新 晨

日映彤云现，光盈碧玉连。

凉身觉林翠，涨岸适鸭旋。

莺曲调声远，蛙青试鼓喧。

风来多少语，一吐雨晨天！

2022.06.10

更 夜 情

夜起五更行，蟾鸣流水盈。

司鸡声悦耳，布谷报祥平。

风月追云兴，蛩[①]咛萤火清。

人来长拳舞，歌鸟换新莺。

2022.06.05

注：①蛩：qióng，古指蟋蟀，也指蝗虫。

家 山 故 梦

——端午节前，与发小进忠相约登山，所见所闻所语，乡情别意画浓……

曦光曳映故山行，禾野催新早作耕。

银路婉旋声切语，皮童戏景画频生。

甜泉解渴围鸡兔，葚圃充饥食菜茎。

为使先崇家耀色，征夫多少泪交横？

2022.05.29

定风波
晨夏仙音

清①月悬空曙浴东，谷声远语树明穹。

衣薄寒身欢步早，天曜，寻如常事惯含功！

娴览楼颜帆欲领，光幸，花边滴翠乐音隆。

堪首人间伤悦事，名利，淡如风雨要思穷。

2022.05.18

注：①清：qìng，寒冷，凉。

思 乡

——观新疆之秋图有感

沉迷入觉幻玄影，伊水①欢欣靓眼睛。

野渡②风轻排雁荡，层林晖染色鲜盈。

牛羊夕下炊烟起，飞雪峰头云簇生。

何日重游圆夙梦，相思不再泪长零。

2022.05.15

注：①伊水：伊犁河。②野渡：伊犁河三河交汇的雅玛图渡漕。

梦回天山警营

——是日，晨梦如初，回到了警营。看到老屋、老树，曾经的人和事。回想战友之间的互帮、互学，领导的关心培养，自己一步步的磨砺成长，由不自信到神采飞扬等种种美好……

熟影眸屏画一张，老房蓬木说前长。

鹰飞箭跃沥肝胆，火淬融通翰墨方。

尊长爱兵胜兄弟，帮传得教熠华章。

今生如若有来世，定了相思还梦偿！

2022.05.12

滩　草

氤氲幻起雾晨间，怡鸟闲鸣荷翠连。

分水歌吟滩前悦，嫩茵倚势雨中芊。

旋飞黑鹳欣生色，戏跃金鱼乐逗圈。

虽是泥红陈物就，应时感赋也成仙！

2022.05.11

暮春至丈河

（通韵）

东来曲水蜿西去，抖落台层留碧村。

庙立峰巅诱云驻，宫悬峭壁晒崖峋。

坡田石垒条桑砌，庭院叠旋青翠吟。

康养宏图慧农奕，炊烟直起笑颜亲！

2022.05.07

注：丈河：村名，中国传统古村落。廖东河在此地画了一个 S 形绕村而去。北山峰顶有祖师庙，南山峭壁上有南崖宫附壁而悬，十分壮观！

崖 居 探 幽

崖居壁峭窟中藏，寂宇蝉鸣风电扬。

涧水清流环瀑兴，窄梯径陡岫云芳。

小村盆谧花齐色，凌木膨怀香客长。

天洞陌檐幽雅地，滋荫泽后续民桑！

2022.05.05

注：崖居：位于泽州县柳树口镇里河村村东 1000 米处老河湾。该崖居在一倾斜的天然山体下部，利用上部山体作为屋檐，建有石砌房屋，总长约 100 米。各屋大小不一，随山体的凹凸走势排列。有一洞住有十八家，故有一洞十八院之称。上有五棵白皮松形状奇异，使人联想翩翩……

里河春色

——五一假期，与友前往里河崖居，见庄村幽静、青山熠翠、溪流环绕、稼禾露角、行人如潮，一派田园风光……煞为激动而作。

一涧清流花色映，两坡青翠菜黄吟。

门前禾角齐旋蕊，屋后灌芳蝉涌鸣。

亭榭衔桥霞溢彩，行潮逐浪客槐迎。

层烟晖染颜峡醉，谷鸟欢欣风电凝。

2022.05.04

早村仙语

——是日，晨跑至郊外麦田，见太阳高树映照，光耀七彩，背阴下的晨露，悬浮于麦穗上端，晶莹剔透，有如花开，铺了一层。鸡鸣鹃啼，幕夜掀色……而勤作的人们，及时布种，点豆埯瓜……

耀眼光芒影树巅，谥村夜幕叫鸡掀。

阴悬晶露花一片，丰稔①齐缨七色田。

破烂吆喧山应语，啼鹃送暖燕回迁。

耕边点豆夫娴手，厦院洁清着内贤！

2022.05.03

注：①丰稔：fēng rěn，有丰熟，富足之意。

农　寄

　　——一日，与友健身，晨跑至洞头村。沿路见山顶云瀑飞流，沟壑白云悬浮，顺沟而弯。身边的槐花馨香沁人心脾，听闻野鸡、布谷鸟以及各种叫不来名字的小鸟啼鸣，乐耳欢快。再看跑步后的人们，面对空山野壑尽情歌放，回声阵阵，一声两音，如唱双簧。到达终点，喜观麦穗丰盈，一农早早在地头田边，摆弄伺候，远观背景，喜自心头而作……

青阳骄涩光环耀，雾在峰巅掀秀芳。

壑白飞悬云一道，啸晨声扩唱双簧。

路边花野馨香沁，乐鸟朝歌健步昂。

穗麦丰田翁叟喜，早欣他语琢来章！

2022.05.01

晓晨园岸静语

晓夜蛙喧空镜明，曙光叩宇问天更？

春来岸妩花谦色，夏至河徜叠浪盈。

今有瀑流掀静语，但期渚吐草飞莺。

人间四月风衔喜，布鸟翩翩谷惠行。

2022.04.29

谷 雨

——谷雨时节，掩瓜点豆，适逢雨至，禾欣耕跃⋯⋯

冷风夜入乡，天幕骤玄黄。

掩豆植时季，冬禾须灌墒。

闻听声淅沥，梦喜笑酣长。

得润齐娇色，坤元彩万张！

2022.04.28

絮 语

（蜂腰体）

四月风来刚孕怀，花涧芳艳恰逢裁。

翩翩布谷催时节，莽莽新原搭舞台。

飏飞愉悦学晶雪，悬落无声泪角哀。

没我衔春谁播绿？天涯飘去草仙开！

2022.04.25

晨絮卷雪

银镜悬空上，风晨夜变长。

鸭凫泅水溢，鸟戏色花香。

潮絮推时浪，馨茵敷白霜。

他朝垂霁始，得润培泥芳！

2022.04.18

春来白羊泉河村

南山屏嶂远，村北靠疏田。

缓水红鱼跃，奔河白浪颠。

鸟旋青翠里，蜂语蕊花间。

去岁观冰瀑，今朝赏菜鲜。

2022.04.17

春登柳口碧峰寺欣览

极目穷山云海远，菜黄颜翠近梯盈。

随坡蜿起闲村就，合水^①环欣声去清。

泉养虹鳟生笑语，门开花树稚童争。

碧峰松顶绚霞处，又见南归飞草莺。

2022.04.17

注：①合水：指丈河和白洋泉河交汇处。发源于陵川的白洋泉河，由百条小溪汇集而成，名则由此同音而来。丈河也发源于陵川丈河村，因河宽不过丈余而得名。

春在四月
（蜂腰体）

爽晨鸟乐翠悬枝，绿柳桃红次第诗。

园艺丁勤娴作画，陌疏耕早待农时。

雏燕回营怀老屋，蓬原得雨着新眉。

云山远望流金绣，蜃海帆城旭耀奇！

2022.04.16

青 玉 案
清 明 回 乡

村山未雨蓬荫路。

鸟鸣转，耕梯语。梦想厢乡花绽树。

条闲陈迹，缘朋旧故，多少奇玄处！

桐槐几许烟晨暮。

熟影虬须①岁华度。请问梨仙何去悟？

荆前蒿草，碑榆寥附。阙语天机露。

2022.04.06

注：①虬须：qiú xū，拳曲的胡子。

疫中迎春到

疫纪不尊来祸城，一人得病万家生。

核排如雁难回北，华市无声却有情。

幸庆东君及时雨，桃言杏语紧搬兵。

今闻谷鸟携春意，灭虐赶墒开布耕。

2022.03.19

春　雨

一

轻丝银线径如流，布谷悬枝歌乐休。

滋麦旋缨倾碧浪，沁峰披锦岫云筹。

湖盘接水添珠露，岸柳颜青绘彩酬。

乡俚①田家有余剩，差君送去浪神州。

二

【蜂腰体】

银丝细线轻悬就，谷鸟燷情今罢讴。

万顷波涛欣润色，千峰巨浪岫云流。

湖水如盘收露玉，岸花似雪煜堤羞。

得闻乡俚馨香有，差遣东君送九州。

2022.03.18

注：①乡俚：xiāng lǐ，乡野俚俗。

老屋沉思

乡愁如昨又年新，日子火红难觅秦。

老屋沉思无画意，泪伤满目却根亲。

2022.03.16

无处不春

伞盖裙丝柳，穿乡占岸洲。

粼河天序影，泥燕水仙游。

旷野新颜绣，云山涛海流。

荒坡谁竟色？桃杏画中讴。

2022.03.15

题　春

（蜂腰体，通韵）

东君逐雨杏先怡，瘦影鹅黄扭媚姿。

一水清波潮汛绿，两堤皮戏累鱼池。

遥看飞山云暖色，不留还雁话耕题。

长庚①无醒银锄起，怜我勤仙出脚泥。

2022.03.13

注：①长庚：金星的别名，古代称之为"太白""启明"。它拂晓时出现在东方，黄昏时出现在西方。

奥运立春日

巧合生缘叠日重，荣今华夏讯乘风。

五环旗染百梅艳，四域同歌一唱红。

峰雪争雄旋转体，镜冰嫚舞玉交融。

史书双奥舒新意，达旦欢霄盛景隆。

2022.02.12

鸣 鹤 顾 春

——是日晨，城昏天暗，岸柳垂绦，盈雪纷纷。恰一仙鹤鸣惊，冲宇飞天而叫春……

菲城素墨晕昏天，绦柳顾思岸上眠。

一鹤仙鸣惊阙宇，几泓灵毓画晴妍。

梦牵横笛春心悦，魂念琼花片雪笺。

如有腾兮鸿鹄日，也教烟雨荡浮悬。

2022.02.11

咏谷爱凌夺冠

一跃凌空俯霄汉，冰宫折桂报先声。

屑些蕞尔嘤倭辈，华夏已非幺九零！

2022.02.10

画　堂　春
靛云晨绘画东黎

靛云晨绘画东黎。清风扑脸霓辉。

墨天渐白鸟仙啼。冰水同眉。

倒树琼楼河映，雪徽银面冬栖。

岸边花萼又生堤。布谷声催。

2022.02.08

春　归

暤气流丹霞溢彩，薄冰耀映水鲜瀛。

舒枝透喜扬河岸，明月清辉收宇琼。

扑面风微旋鹊转，行云徽色把天惊。

且观白玉花衔蕊，一片春心已荡横。

2022.02.07

赴英雄故里拾忆

　　——假日，去丹河源头，并瞻仰一级战斗英雄崔建国。时值六九，迎春花花开灿烂；村口的阁楼流水潺潺，因道路改变，孤独矗立于旷野之中。村妇洗衣河边，悠扬的捣衣声悠然自得，娴游的犬，也随着声响而鸣吠；河边排树高挺，鹊巢隔三偏四错落在枝梢间；人们住的房院因山就势排在河的两旁，争夺着本就少得可怜的山间平地……

气轩晨宇皞光行，鹊劭仙枝花笑迎。

来水嘤咛环殿阁，捣衣声念犬依鸣。

高低云树窝巢借，曲壑旋凹房院争。

失忆乡愁碾河底①，英魂泪见荡潮生。

2022.02.06

注：①碾河底：指碾河村委会山底自然村，乃崔建国故里。

乡晨冬景

白水晨氲欣未了，枯枝巢鹊镜银芳。

旋鸯聒语翩河喜，轮日彤嬉墨岱苍。

疏陌人闲不离土，惊鸡声颤也喧簧。

叠云层外穹庐恋，凤羽松姿鸾树吭。

2022.02.05

生查子
节后亲别

昨夜朔风嘶，霜木枝头屈。

残飞十里春，愁向千峰月。

家圆声续弦，亲别颜生雪。

一句慰安言，肝郁情肠裂！

2022.02.04

致峡谷、一湾、芦苇版三老师

杪岁无眠早逐红，欣流欢鹭伴幽衷。

华灯忆往眸盈泪，明月张弦皓域空。

但见乡村霜木白，情思桑土雨河东。

藩篱疏润待时节，复稔年丰期喜翁。

2022.02.03

辛丑年初二晨鉴

——晨起，漫步河边，看到垂柳飘丝，绦枝沁绿；又皞气临窗，东方渐白；喧闹的嚣市终于在此刻宁静下来，身边的流水因寂静而哗哗作响；早起的野雁也围绕河湖，在空中鸣叫旋转；再看远处的重山，随着光色逐渐露出了山形；而街市的树木，因节日，也穿上盛装……

飘丝绦柳景仙垂，皞气临窗嚣噪归。

悦耳哗流撕镜①水，寂声旋雁烁星窥。

辉形山影银装萃，都市花魂火树眉。

虎岁题春思往事，劲风帆满奋蹄催。

2022.02.02

注：①镜：冰薄似镜。

王俊锁诗词集

29

老屋跟前怀旧事

老屋跟前怀旧事，何曾堂燕为华英？

柴扉故影情殷切，咛语椿萱①哪里声？

皞②牖③碾麸推月走，暮莺陪读候梆更。

而今得雨欣风顺，谢感苍生横泪盈！

2022.02.01

注：①椿萱：chūn xuān，父母的代称。②皞：hào，明亮。③牖：yǒu，窗户。

卜 算 子
节晓怀乡

郊野炮鸣喧，城内虹灯窈！

恋土邀先空对天，谁挽情丝结？

点开视线连，细品村山雪。

熟影童言话以前，泪映霜头月！

2022.02.01

梦儿时过年

皎月幽村山谧静，谁家鞭竹抢鸡鸣？

庙祠燃烛求安佑，俚巷穿梭寻炮声。

鹊喜门槐数香客，犬消狺吠食豪羹。

时怜屋杵萱堂去，泪咽悲心窈梦惊。

2022.01.28

鹧 鸪 天

"五九"思春

风缕新晨面不寒，欢情鸳侣景翩然。

也曾冰雪叼仙蔓，无有东君梦靥①残！

梅吐蕊，草生芊！冻飙②势强把谁难？

柔条细柳花芳岸，河汛飘凌召雁还。

2022.01.26

注：①靥：yè，酒窝，笑靥。②冻飙：寒冬的狂风。

岁 期 寄 语

楼高厦立华灯晔，岁夜推陈迹镜明。

悬雾飘空欢水绕，司鸡飙乐瑞云清。

霜衔白冠随霞远，冰带雕青携鹭钲①。

时寄春雷来绚烂，一轮红溢万千盈。

2022.01.24

注：①钲：zhēng，古代击乐器。青铜制，形似倒置铜钟，有长柄，用于行军。

岁末冷晨韵怀

　　——岁杪难眠，更起独行郊外登山。听流水潺潺，观白鹭旋飞、鸳鸯嬉戏，所见所闻有感……

旷野晨行冷面随，枯枝老月透新眉。

水欢声寂鸣鸿语，彤宇景长排雁追。

松柏唅霜倚霞醉，峰峦雕画绘穹麾。

借梅一角生辉烂，无限春潮已荡吹。

2022.01.20

郊野晨寂

素气云浮歌水欢，蟠枝巢月挂青岚。

萧星明耀天河暗，白鹭声幽徘谷南。

冰雪雕乡绘嵩岳，鸣鸡静野乐音团。

霞来添彩着轻淡，一影红轮毫墨端！

2022.01.16

雪飞晨岸

——大寒晨，飞雪纷纷，薄冰耀映，寒光淋漓……

冰耀寒光映，潺流镜下清。

岸边垂汛柳，岁杪①冀春盈。

本乃同时是，今晨无迹行。

只因姗②玉雪，泪咽把嬉惊！

2022.01.12

注：①杪：miǎo，1. 树梢：木杪。2. 末端：岁杪，月杪。②姗：xiān，古代女子人名用字。

画暄三九晨

——时值三九，岸水绿映，碧波荡漾，似春如画，氤氲时隐时现，又白鹭旋飞，鸭泅嬉戏。在岸边驻足凝视，水中画天，意境欣新。水中的渚洲，则是飞霜卷白，与镜水相融，构成了一幅天然水墨画，放眼望去，则别有一番洞天。

冷树寒晨寞，流河撕夜惊。

鹭飞宣色暖，鸭见喜娱情。

镜水邀天画，笔端毫墨滢。

渚洲霜地瘦，嵌入准灵轻。

2022.01.09

鹧鸪天

梦 春

黉夜①无侵餍梦惊，庄村幽寂陌疏耕。

虬槐两木盘云静，舍院几庐浮厦清。

谷鸣远，地凝情。气暄春暮午休亭。

泉流助耒吟豪兴，白浪旋腾潮岸生。

2022.01.06

注：①黉夜：yín yè，深夜。

元旦冰河释怀

（蜂腰体）

寒冰捧娑影，时逐丑年①尘。

暾气掀窗宇，高枝喜鹊频。

镜映千重画，梅徽万象新。

汛来冷色暖，雪去雁还春。

2022.01.01

注：①丑年：即牛年。

雪 晨 谧 景

昏河雪暗明，边柳挂凝清。

飞鸟琼枝劭^①，咽情不语声。

流横群鸭戏，波尾浪掀轻。

剑舞琴书者，今朝未罢耕！

2021.12.23

注：①劭：shào，1.劝勉：先帝劭农。2.美好（多指道德品质）：年高德劭。

冬至晨即兴

清月挂西空，晨曦已泛红。

明河两重柳，镜映九霄窿。

旋瀑劲流影，飞鹅引颈翀。

虹眸崇色景，邀我客桥东。

2021.12.21

念 奴 娇
冬晨雾雨

冬晨雾雨，见凫鸳泅涉，滚流漩急。

老树虬枝①圆冠柳，冷浸沿河挥墨。

嗳氤②琼楼，岛台仙阁，霓柱添辉熠。

水澄玄画，鹤来旋翼徽色！

大雪时节如春，波瀛纹溢，潋滟柔情脉③。

健舞英姿同步履，还有琴丝箫笛。

竹映摇清，悬桥飞立，断瀑掀珠璧。

喧嚣声起，静听弦月孤白！

2021.12.12

注：①虬枝：qiú zhī，盘屈的树枝。②嗳氤：ài xì，犹依稀，不明貌。③脉：mò。

冬雨晨光

一夜西风锁碧霄，莽言穷语话今朝。

诗情化作千重叶，爱意旋来万顷潮。

行雁停飞云驻脚，流涛掀海浪峰腰。

霞光曙溢时不待，泼洒金黄勾乐韶！

2021.12.09

蝶 恋 花
冬　晓

冠木疏枝扉影阔，楼厦高悬，晨送朱红帖[①]。

日欲喷颜云暧撤，霞开镜宇玄韶夺！

河畔冰封桥水活，恰又新天，娇雁南飞别。

帘断流喧鹅戏涉，风轻乐舞铜音钹！

2021.12.06

注：①朱红帖：指颜色绯红的霞光。

鸟瞰天山而咏

气轩华夏接西东，箭出天山傲史穹。

府[①]辖安南越葱岭，丝传欧亚驭时空。

潇湘巾帼八千女，遍唤丛云百万虹。

今得朝晖援疆策，旋飞玉宇逐群雄。

2021.12.03

注：①府：指唐朝设置的安西都护府，管辖天山以南至葱岭以西、阿姆河流域的广大地区。

小雪时节雾晨拾景

彩柳疏柯岁月磋，一湖璇影荡清波。

鱼翔浅底云楼煜，雁语飞高人画多。

烟锁晓晨浓笔舞，冬迎小雪鸭朝歌。

厦欣雾宇似帆起，霞溢金来日喷峨！

2021.11.22

渔 家 傲
岸影轮娑昏又晓

岸影轮娑昏又晓，霄空月朗徽星耀。

皞①气扉颜霞色好，

司晨鸟，水天竟尧彤枝俏。

岁月催人更漏②少，风情不解霜来早③。

诸事箍④身谁能绕？

开口笑，当依鹊舞随阳跳！

2021.11.13

注：①皞：hào，明亮。②更漏：古时夜间凭漏壶表示的时刻报更，所以漏壶又叫更漏，唐许浑《韶州驿楼宴罢》诗："主人不醉下楼去，月在南轩更漏长。"更漏，这里是睡眠的意思。③霜来早：指年龄越来越大，早早步入老年。霜，鬓霜。④箍：gū，1.用竹篾或金属条捆紧；2.紧紧套在外面的圈儿。

咏丹河石拱桥

势冠群雄承北南，飞桥仙去茂经繁。

凝霜吸雾收彤夏，送暮淹霞达旭欢。

一水奔流颜翠绿，双峰镜月映穹弯。

虹衔雪雨含奇景，巍奕太行今灿兰。

2021.11.11

南 寨 暮 色

——秋后的一天，和朋友到乡下去摘柿子，正好周末，白天村寨热闹非凡，在城里上学的孩子，以及陪读的家人车载而归，而当夕阳西下，村寨逐渐空荡……

斜阳欲落重山外，村寨幽清宁静回。

霞感天恩华暮色，壑欣峰勇泪潆①腮。

风衔枝叶笛娴递，夜挑灯笼②墨画开。

家走老依根石冀，愁槐掌伞犬旁哀！

2021.10.25

注：①泪潆：喻指水流。②灯笼：指秋天经霜打后的柿子，也喻指夜间的灯光、星星。

颂张云贵老师

胸装家国投戎去，矢学为民水木玄。

四载寒窗耘读苦，廿春远足鄂黔边。

解忧慰藉回乡梓，开暖助繁忙太巅①。

耄耋仍怀年少梦，从飞玉宇耀更天！

2021.10.17

注：张云贵老师从小参军，后入梁思成教授创办的清华大学建筑系学习。①太巅：太行之巅的缩写。

映 月 寺

——秋时假日，映月徒旅，见寺筑崖岩，依山傍水；奇峰形异，瀑水飞流，老槐楼阁，石房、石碾、石板、石凳，颇感怀旧……

碧水轻云映涧空，依山筑寺势如虹。

岩峰形异峡中秀，曲道旋回壁上弓。

瀑雨飞流泻银梦，根槐盘碾偃清漄。

假闲休逸来民宿，石砌排房墨画隆。

2021.10.06

映月寺驻履

（飞雁格）

随坡欣入涧，道曲路旋环。

庵静听风月，峰奇喃燕攀。

水含云阁影，流玉落盆斓。

村口凌槐立，慰愁祈客安！

2021.10.04

秋至大月寺偶得

——国庆假日，至大月寺。看大月寺后，一峰岩柱石，突兀挺拔，很是壮观。沿途飞流瀑浪，红叶翩翩……

兀天矗磊向穹慷，秋染霜红点翠芳。

连雨飞涛推白浪，旋流镜瀑换银光。

洇槐独冠盈街水，断壁峰头石码房。

赤脚同时收碧绿，闲情惠及墅云祥。

2021.10.03

注：大月寺，位于晋豫交界的泽州县晋庙铺镇窑掌村。

张峰水库

——国庆假日，与友携行，前往沁水观览张峰水库，正值开闸泄洪，洞悬飞瀑，远山浩渺，与霞色交相辉映，景色绚丽多彩；再看渔帆点点，靛海飞云，情思逸飞……

库堰森森浩渺山，岛湖入画景仙珊。

洞悬弧瀑来神笔，浪卷沙洲滢紫寒。

狂泻奔流涌涛岸，飙飘漫溢惠农繁。

阶登步揽台河闪，靛海飞云帆壮观。

2021.10.02

雾　晨

——秋日雨夜，晨间，云收雾起；山，呈现出"空山新雨后，天气晚来秋"之景；城，氤氲幻梦，如海市蜃楼，美轮美奂；河，蒹葭清流，白鹭双飞……

红日仙菲楼上起，氤氲幻象梦潮晨。

蒹葭绕水青流缓，和鸟欢嘶霜叶臻。

蔓柳柔丝闲作影，远山羞赧浣痴神。

秋颜不解相思意，犹泪萋萋禾满坤。

2021.09.27

中吕·迎仙客
庆孟晚舟女士荣归

一

祸降天，泪无眠，谁使奸嫌来扣贤？

晚舟冤，举国惦。何日能旋？谁给神州面？

二

复兴篇，箭勾弦，船至中流需奋前。

斗顽奸，不怕艰。今日回旋，华夏神颜面！

2021.09.26

凯　旋

一叶扁舟浊浪掀，千峰巨恶扑滩前。

浑天幸有东风在，万里传辉迎紫旋。

2021.09.26

秋晨公园闲步所见随笔

旭耀珠悬凝露白，荷塘楼鉴色层菲。

玄桥影月音弦醉，蒲苇恭迎食鸟归。

2021.09.25

秋 露 白

叆叇①几分白，吟蛩②乐耳鸣。

氤氲③没峰塔，烟水炯眉生。

寒夜惊蟾梦，雨晨悬露莹。

稔④丰声雁近，不觉已秋盈。

2021.09.24

注：①叆叇：ài dài，形容云彩厚而密的样子，浓云遮日。②吟蛩：yín qióng，鸣叫着的蟋蟀。③氤氲：yīn yūn，形容烟或云气浓郁。④稔：rěn，1. 庄稼成熟：丰稔。2. 年；一年：不及三～而衰。3. 熟悉（多指对人）：素稔。稔知。

行 香 子
秋 晨 拾 句

——晨，鸟鸣轩昂…，看曦光日照，城清宇阔，激情墨翰……

旭煜东方，城鉴昏阳。听吟鹊频脆轩昂。

露凝晶悦，劲草毫扬。看塔峰悬，林墨黑，晓天祥！

楼衔日宇，桥唅滴翠，揽彤云镜月彰塘。

烟霞醉影，落次缤芳。把音旋舞，姿娇媚，步铿锵。

2021.09.23

咏赞农民工

宁壑云玄挽梦村，峰曦跃影欲新焜。

作耕已撵三更月，师匠欣抡五夜昏。

屈倦身躯安广厦，落稀鬓铄稳粮屯。

功垂天下当堪任，怀揣童心获敬尊。

2021.09.22

秋 雨 焦 农

雾雨濛濛青涩天，稼山待穑泪焦颜。

阴潮多日禾枯软，晴煜一时人刈难。

得水闲漕坠珠玉，无需玄液反悽寒。

稔丰农盼从春始，失望焉能心里安？

2021.09.21

清 平 乐
中　秋

七佛山下，幻海霓虹泻。昔日闲村空瓦舍，今夜人潮涌画。

亭榭古木长街，乐园美味田斋。宇庙星徽云拱，透空峰月思怀。

2021.09.20

悲　秋

凄凄烟雨画悲愁，架架禾山写满忧。

本应摄光催籽饱，却来吟绿唱喧稠。

可怜谷莠它虚有？诱惑农家过望秋。

得幸人生惹如此，须遵纪道不奢求。

2021.08.25

中元祭祖话乡愁

——二〇二一年中元节回乡祭祀，村庄因搬迁而成废墟，童时的游戏场所成为梦幻而留给记忆……

夜雨凄凄恸哭台，晓峰清秀祭香开。

陈檐瓦砾蒿中没，童趣悠思哪里哀？

庙柏无言伤却泪，青云有意慰枯槐。

乡愁此去无栖所，袅纸化烟追梦来！

2021.08.22

暴 雨 伤 怀

——大暑日，郑州一小时降下一百个西湖水，灾受严重……

大暑阴寒谁作孽？奇情忘把炼石填。

一时喷泻百湖厌，片刻浊流掀九天。

史载千年无点墨，今书万卷有余篇。

泪噙华夏齐征鼓，方爱寸心蝶梦圆。

2021.07.22

晨 跑 洞 头

——是日晨，和友长跑，沿途而闻见……

翠色浓荫雨后新，氤氲幻象景天旻①。

枯河夜发千重浪，巡雁晨游万壑春。

寂坳幽村山幕紧，暗云皞气霁光伸。

泊滩迎得闲飞客，戏宇真情缘喙人。

2021.07.02

注：①旻：mín，秋天，天空。

有感于七一勋章获得者

悠悠华夏几千年，沧海芳流岁继前。

屈辱蒙羞始罂粟①，四分五裂恶魑②连。

家危岂有青江月，国破焉能不混天。

幸得雄贤赓续曲，才言复兴梦绵延。

2021.06.30

注：①罂粟：别名鸦片、大烟等。②魑：chī，古代传说中躲在深山密林里害人的妖怪。

观陵川丈河而吟

——是日，单位组织主题党日活动，前往陵川丈河，所见有思……

澹云飘飒弥苍顶，松灌浓岩附壁藤。

一涧清流衔日去，两崇仙庙和钟鸣。

渚边圃苑童婴戏，坡上缤芳勾艳青。

时有闲来拓荒者，赶潮踏海猎民风。

2021.06.23

闲谈四季

雾在山间起，雷从野径生。

春来云岫①喜，夏捧物华盈。

风逐清流水，秋衔硕果行。

雨唅②黄叶远，冬至雪欢情。

2021.06.22

注：①岫：xiù，1.同本义：岫，山穴也；2.峰峦，山或山脉的峰顶。②唅：hán，1.物在口中；2.古同"含"。

女冠子
凤栖湖效柳屯田体

皞云清月。咕咕呖、酡颜宇廓。羽鳞薄、甲曼徽雪。

箔曦拂溢，影晖耀水玄欢、墨丹绝。穹幕银添，色山层落穷叠。

看烟飘凌远，亭楼岛阁，树瀛台杰！

正兴愉他嫌，流金颤涌，翊水凫鸭纵跃，弧桥处彤阳渤郁！

步观鱼浅，荷蕊芳鲜碧身绰。别苇徒阶，线轨中待旋高铁。

想丹城新景，擘图艳绘，品优方抉！

2021.06.21 于夏至

夏　早

鸟鸣窗外曙环东，喧市嚣尘落翠丛。

湖月熏风花不羡，芬芳次第竞葱茏。

2021.06.05

西　河

晨晓百鸟和鸣徒野有感

栖蛙鼓，霞光暤气窗宇。

野鸡独呖鸟随和，乐箫声妩。

河边烟柳锁愁眠，今朝晨练闲步。

阵风雨，能忍睹？麦丰在望田岵①。

荷花纵使艳芳娇，没心赏腑？

湿晴只有瑷能言，谁来安慰农户？

叶香粽满祭芈祖。竞龙舟，齐划同舞。

又是一年端午，艾悬门腕系花绳承古，

鸡蛋涂红茶中煮。

2021.06.04

注：①岵：hù，多草木的山。

夏 河 幽 晨

凌河幽静燕趋俯，莺啭鱼旋娑影清。

滚瀑轻流溅寒气，栖蛙间语话农经。

人闲日幸花边岸，笙乐弦歌步舞盈。

可叹耆英难失土，围滩犹圃菜鲜缨。

2021.06.02

影 流 云 鉴

清流倒映蕴霞藏，岸柳婆娑歌鹊昂。

薄雾轻丝颜画面，条畦鲜蔓墨青章。

蛙鸣芄苇声幽静，云溢高楼影倩塘。

谁不感恩幸福日？垂缨亦喜泪成行！

2021.05.20

题葛万梨花节

远山堆锦风车秀，近野禾苏①麦浪柔。

谁说梨霜不识趣，仙枝爆满蕊荷羞！

2021.04.15

注：①苏：sū，1.植物名。2.薪草；柴火。3.取草；割草。4.取；索取。5.苏醒；复活。6.引申为睡醒。7.苏息；恢复。8.拯救；解救。

咏石末酸枣王

——石末乡酸枣树，树龄两千年，本是灌木，长成乔木，十分罕见，当地人奉若神灵，有许多慧荫百姓的传说……

虬屈皴①枝树半芽，千年兀自伴烟霞。

落根穷灌栖崖壁，志在乔芳蓬冠华。

味美果鲜能治病，史沧身苦励方家。

庇荫百代先贤骥，朽尽青葱伏枥嘉。

2021.04.14

注：①皴：cūn，1.（皮肤）因受冻而裂开。2.皮肤上积存的泥垢：一脖子皴。3.国画画山石时，勾出轮廓后，为了显示山石的纹理和阴阳面，再用淡干墨侧笔而画，叫作皴。

山乡村早

——4月22日晨，在陵川调研所见而感……

霞光晰晰晨风早，夜雨新滋景目娆。

红白间黄衔翠绿，曲山行远荡天骄。

野鸡鸣叫清空宇，色鸟群和掀乐韶。

旭耀峰台村独处，楼祥墅熠赛琼瑶！

2021.04.13

谷 雨 泗 晨

——谷雨时节，烟雨不断……

绵雨淋泗布谷催，浐烟娇翠絮旋堆。

花怜节去颜生泪，耕喜农时埯豆莓。

声雀春眠不仙语，劲禾舒挺闪晶瑰。

风来城上卷云黑，欲尽嚣尘把日陪。

2021.04.12

减字木兰花
春 来 夺 火①

春来夺火，云路飘悬花熳軃②。

蝶语蜂娇，乐鸟朝歌风电峣③。

颜田辉映，霞溢农家穹叒顶。

老寺蓬松，岁稽机鸣又垄躬。

2021.04.11

注：①夺火：地名，指陵川县夺火乡。②軃：duǒ，下垂。③峣：yáo，山险高。

贺梨花节暨赞侨商

雪卷千山云秀春，红桃嫚舞画精伦。

顺鲜万朵迎宾客，凋落几零辅菜①芬。

引智招商济乡困，筑桥铺路得民尊。

屯围砌坝才英育，一片痴情报祖恩。

2021.04.10

注：①菜：指苦菜，是梨树下盛开的黄色蒲公英。

春 到 夺 火①

（蜂腰体）

周山翘丽郁馨香，蜂拥蝶来衔蕊芳。

劲麦垂梯淥涧里，菜花弄媚晒坡梁。

庄寂禽悠闲啄食，车行兔疾没崖旁。

盘龙曲上浮云跃，风电群旋奔裕康。

2021.04.09

注：①夺火：地名，指陵川县夺火乡。

四月村晓

黄莺飞戏鹧鸪叫，花灿缨芳蕙色香。

疏陌待禾勤作早，寂村留稚有贤娘。

流河促草发新蕊，来燕巢泥旋老房。

勃勃生机垂尔兴，凭栏驻足赏春光！

2021.04.08 上班路上

上 海 外 滩

一湾碧水向洋徜，荡浩千年话史苍。

白渡桥筋情怯泪，明珠博弈勒名芳。

不知租界穷寒辱，哪有东国康体彰？

自此源流传吾手，定教普世溢花香！

2021.04.01 晨于东营

赴上海旅鉴而赋

原绿条清格块黄，白楼红帽嵌中央。

荷塘亮映和霞色，巢树独迎鸢尾香。

河渡兼葭鸥鹤唳，江轮逬逬竟他乡。

春烟拂柳谁娇岸？复兴今朝已奔康！

2021.03.29

红色西土河村①之旅感吟

烟山辉映翠梯芳，柳绿花红紫燕翔。

寂院空街巅乐犬，岁丰期稽种田忙。

古槐几树巢旋鹊，今史百年沧路桑。

福祉遥知来不易，党恩永记自担当！

2021.03.23

注：①西土河村：位于泽州县山河镇。抗战时中共晋豫区委、太岳南进支队十八团、沁河支队所在地。

高 铁 闻 鉴

（蜂腰体）

——是日晨，乘高铁去太原所见……

陌柳新发油菜黄，氤氲悬远瀑流长。

籁庄寂野栖骞①鹊，塬上牛羊觅草香。

汛君识得春风面，雾嫚凌丝幻韵吭。

岭海花掀龙②畅弋，崇山镜目画千乡。

2021.03.13

注：①骞：xiān，鸟向上飞的样子。②龙：喻指高铁列车。

咏 雪

烟河看柳轻， 雪泪满枝横。

谁识春风面？ 劝它不要惊！

2020.12.20

正宫·塞鸿秋
骋 铁 旋 见

贯峰衔壑骋如电，淞山凌舞君还念。

庄梯陌野徽成线，笛音霄外彤云倩。

飞桥斜幕景，高铁辉旋见。太行捷信遍州县。

2020.12.19

苏 幕 遮
烟 晨 晓 月

末秋晨，萋雨诉，柳岸烟波、娑影翩翩鹭。

唢呐声悠掀幕布，曙没周山、孕就霞光妩。

耸楼高，清影露，层色秋颜、和笛琴声附。

晨练旋欢歌乐舞，玄月斑云、频钓鱼虾煮！

2020.12.16

贺晋焦高铁通车

一

巍峨太行壁锁关，雄峰奇道屈肠盘。

荡胸飘岫风掀舞，凇雪凌枝曙摄难。

何日旋行途旅便，哪朝货达贸经繁？

如今信报来传捷，一线双飞肩两端。

二

行山①高耸入云端，逝铁龙飞箭越穿。

万里途遥今步信，千年驿道日轻还。

白陉岩下茶经苦，魏武②鞭中士役难。

为有旋行扶日月，勒承愚志③代相传！

2020.12.14

注：①行山：即太行山。②魏武：指曹操。③愚志：愚公之志。

天 净 沙

冬中小会①

池边老柳巢鸦，水流崖电喧哗，障映②台村落家。

泉洇推画，囿凌环耀光华。

2020.12.02

注：①小会：村名，位于泽州县金村镇。②映：yǎng，水流阻止的样子。

临 江 仙
雪 晨 摄^① 闻

呖雁声晨梦断，琼花漫玉姿维。

凫鸳嬉水拔弦追。

虹桥娑影在，镜映透衔威！

雪野凌淞树舞，溟蒙^②嚣市寒微。

廊台三两试琴徽。

神随心悦往，托海^③寄情归！

2020.11.24

注：①摄：niè。②溟蒙：míng méng，模糊：1. 亦作"模糊"。2. 不分明；不清楚。
3. 谓草率，马虎。4. 混淆。③托海：指吹奏的时下流行曲《可可托海的牧羊人》

疫 晨

寂野啼司月曌^①城，灯悬幻影夜空行。

色山曙墨圆铜欲，流水喧歌侧耳鸣。

秋恋诗声勾落叶，冬来雁语雪还情。

丝霏也想乘氲意，万道飞光已出兵！

2020.11.22

注：①曌：zhào，皓月当空。

苏 幕 遮
冬晨即景

水流潺，疏柳岸，河影伦华，弦月枝头颤。

墨影晰清霞坠冠，渐白光天，鸣错机车①唤。

早操人，催鸟啭，号呐声悠，舞步随音换。

烟瀑氤氲鹅戏转，鹤草芳楼，曦日林玄幻。

2020.11.16

注：①机车：火车。

竹 林 沟 村

太行涛涌万潮生，沁水狂歌漫野横。

岩壁环旋似龙跃，鲜流画奕簇云清。

房村夕映松田晔，羊道空悬楂柿盯。

烧火劈柴滋味美，轩情诱客去重行！

2020.11.10

注：竹林沟村：位于泽州县山河镇西南部。这里有雄伟壮丽的山、绝壁断层的崖、秀色可餐的峰、弯弯曲曲的路、造型奇特的台、石头石板垒砌的房。

晓河影画

光悬幕锁丛楼幻，明水一波去晓寒。
杉刺刺空天互看，芃冠冠柳画重山。
虚城雾紧风兜雁，庐尽穹红霞帔蓝。
笙曲箫音来号乐，今朝弦醉又无还。

2021.11.09

虞美人

秋晨晓岸

晓寒娑影萋漓雨，柳岸烟河妩。
笛悠声脆墅房幽，讪语萧晨勤练正酣逑！

水流映照还楼蜃，对乐音高趁。
彩林垂钓恰柔情，月下朦胧曙色摄精英！

2020.11.05

健步三姑泉

崇山飞绕下石青，路险峰奇靓眼睛。
老树盘枝旋鹊语，小村幽落熳芳婷。
风云蔽日烟霞醉，矗磊中天水墨瀛。
泉韵涛声如画里，三姑轶事早闻名！

2020.09.13

虞美人
老　院

一

人迁庭寂房依旧，树蔽枯窗漏。

蒿长屋瘦夜莺啾，孤苦霜寒独享月明秋。

桐芳不弃葳蕤岸，风雨春秋换。

别愁梦里几回萦，犹记孩提童趣少时情。

二

桐芳独冠芄如旧，只是空房守。

拾遗不忍弃孤荒，条垒椒鲜陌耒碧成行。

葭年往事今犹记，频梦心揉碎。

脱贫移住擘蓝图，颐享天年老屋又新途！

2020.09.10

岸　柳

树顶绵延形似峦，疏枝透隙揽河观。

晓暝矗影旋菲色，曙溢霞来帔凤冠。

2020.09.01

白陉赋怀

一

峰山点翠白云悬，万态仙姿入画间。

仄路嵌崖情去远，蝉音乐耳客心闲。

迹蹄溅泪陈沧史，梯径巧旋汇智篇。

磺底鸡司迎过往，千年古驿放春颜。

二

晋门独守关山外，崖壁磺开峰着天。

盆小涧幽耕几户，商来贸古店千年。

之梯曲上蝉闲语，幻海云流帆竟前。

郎日飞思衔浩宇，穷将寡欲付诗篇。

2020.07.28

回乡偶拾

薄羽轻纱浣绿稠，晓寒曙色淡云羞。

时鸣啭鸟声相会，翠野禾梯庄树幽。

塔线银环随轨走，桥肩隧辅擘新筹。

雾消烟散悬兰秀，碧宇千峰挥墨遒。

2020.07.18

临 江 仙

晋 普 寺①

雾锁重峰独宇，松林积雪②赢名。

鸡司梯野唱丰盈。麦收青杏熟，桑葚唤啼莺。

再上高楼观景，环城高铁新能。

卫公祠里说贤英。今朝谁宠幸？功就后人称！

2020.06.09

注：①晋普寺：又称卫公祠，为唐朝李靖将军立。②松林积雪：晋城松林寺一景，春秋霜雾结成，远远看去，犹如积雪未化，是古晋城八景之一。

外 荒 村

峰下禾梯云上悬，雾开断壁倩崖前。

窗观冬夏经风雪，家历春秋收暮颜。

一户单门生两地，孤村俩委复元年。

和星同宿穹庐外，伴月常眠白兔间。

2020.05.10

注：外荒村：位于山西省陵川县夺火乡境内，与焦作云台山毗邻。一户一个村，一村跨两省。

摘花有闻

市喧匆出城，郊外晓柔轻。

林鸟和琴瑟，司鸡领乐清。

馨香入脾肺，旭煜露晶莹。

泉韵声流响，瀑欢崖壑鸣。

2020.04.25

蝶恋花

徒履三姑泉

　　——四月十一日，疫后到三姑泉集体健步。途经石青村，看到古槐、老钟，石房、石碾，"为人民服务"红色标语，以及开凿在石壁上的人工河渠等，具有农业学大寨鲜明时代特色烙印的东西而感……

雨洗崇山层绿现。蝶艳花娇，布谷催时暖。

步履飞车留客眼。峰奇路险云悠见。

千障陡旋峰翠涧。谷底人家，曲树钟槐碾。

壁磊冲天旗似卷。湍流碧映铭时恋。

2020.04.11

注：三姑泉：地名，因三股泉水的神话传说而得名，在山西晋城境内。

渔 家 傲
清 明 上 坟

四野风轻花竞窈，村山鸟语君行早。

陌耒催霞勾月老。

晨銮晓，隧桥会线同肩挑！

几树青芽呼嫩草，插花祭酒茔前绕。

悲泣恸声情哪了？

云天娆，殷期别梦祈求少！

2020.04.07

赋朋友赛里木湖春日组图

一

四月花开绿振原，万千凌讯傲霜纤。

云曦湖水冰清鉴，翱兴长空鹰赋篇。

二

四月峰山云雾裁，万千茎立破冰开。

飞霞拔墨旋飞鹭，一道咸阳逐水来！

2020.04.03

忆秦娥
旋　归

——迎援鄂抗疫英雄有感……

风惨烈，寒江泣雪云吞月。

云吞月，疫流江汉，庚春人咽。

征旗令鼓医先决，八方献爱妖尘灭。

妖尘灭，卉缨骄翠，白衣旋悦！

2020.03.24

清平乐
晓　春　冀

——晓春都市，乍暖还寒，登高俯瞰，城市如航，楼市劲帆……

曙环光炫，墨岱层辉展。

都市楼帆颠汛岸，蜃海晴阳换典。

雨酥泽被杨青，熙风夜草披灵。

布谷声啼畴宇，垄耕玄月溪汀。

2020.03.08

中吕·山坡羊

两河①公园

——"疫"后走晋城两河公园所见……

河清芹脆，丝绦飘丽，飞莺鸣柳春来递。

鹊儿吹，蝶儿飞。

皮童戏捉鱼虾蔽，剑戟影光弓步起。

春，似可期？人，已醉绯②！

2020.03.06

注：①两河：指东西两河。②绯：fēi，香气。

早 春

雨雪潇潇未始干，迎风润湿气轩阑。

幽林鸟悦知春意，腐叶陈枝竞蕙兰。

阴凹冰凌溁滴水，南墙人暖避凉寒。

谈今说古瞩①仙者，奕逸欣情入画坛。

2020.02.25

注：①瞩：chī，视。

驱瘟神

一抹红阳楼际腾，千丝云缕润潮生。

幽城洁野空山静，绻鸟啭鸣春始萌。

独步寒林觅安逸，只惜瘟虐盗蕾灵。

惊雷炸响风神助，倾雨洪流魔遁形！

2020.01.31

浣 溪 沙
同 战 "疫"

亥子交春病毒横，江城呜语鹤悲鸣，神州亿万泣同声。

风月同天身一体，山川共域八方擎，拔弦上阵斩妖精！

2020.01.29

曲式十六字令
冬 柳

柳。枯枝瘦影心河守。为来春，先殷争岸掊。

2020.01.28

晨登吴王山①览市景而吟

涛海云晨帆点点，随波荡漾透金黄。

铜盘一日悬空跃，鸣鹊几只垂树昂。

岭上月弦呼翠宇，峰前曦影幻楼芳。

东风传雁北还曲，花卉得时来艳装。

2020.01.27

注：①吴王山：古称吴神山，因山有奉祀太伯仲雍之吴神庙而得名。

庚子初一感吟

——是年初一，禁燃鞭炮，想当年节日氛围浓厚，情趣满满……

昔尔喧嚣竹炮声，今朝无语话江城。

居家寂寞闲浏网，年火莫名勾故情。

老树村头枝鹊喜，庭堂门外戏童争。

不闻来客殷殷事，只捂双腮恐爆鸣。

2020.01.25

初 雪 吟

碧玉晶莹接绍霞，神兵天降画涂鸦。

莽原冠冕银装裹，浩气长流歊①雾嘉。

梯陌覆棉掀色彩，帆楼耀映树凌花。

空山静野今悬笔，万物灵情出艳葩！

2020.01.10

注：①歊：xiāo，歊雾：河面升腾的雾气。

晨 鉴

空晨帷墨重，霞溢晚来金。

皞气掀辽宇，鸡鸣出野津。

湖澄月清色，山幻幕庐新。

潮岸宣声语，琴拨乐抢音。

2019.11.23

冽晨波映

水盈穹幕紧，冠木寓楼新。

寒鸭瘦风浸，浮冰柔画洇。

响流鸣石急，声雁劲音亲。

光影灯玄幻，鸟来歌乐晨。

2019.11.20

冬轩疏雨

光旋奇幻雾潮真，疏雨桐欣到梦晨。

天压楼身云绕树，地浮玄色映渔村。

邑城出海迎重浪，帆厦搭航去世尘。

青水圆瞳呼绿影，桠枝别彩鹊惊神。

2019.11.15

清 平 乐
陵 川 浙 水

涌山如冠，似浪随穹幻。

落院梯村云夕晚，古道清流花伴。

太行一号名威，网红打卡人堆。

康养车来民宿，农家食野神归。

2019.09.14

土 岭 抒 怀

——是日，初心教育到泽州李寨沁河转弯处土岭村瞻仰先烈……

独峰孤傲笑苍穹，雾浸霜凝叶熳红。

新晋初心缅英烈，仄梯崖路步从容。

云田曲上鹨鸡赋，阆苑幽弥彤柿空。

穑寄农窗与何许？沁河宛韵耀康同！

2019.09.13

丰 秋

云阔天高行太行，色妍满目艳秋芳。

巉边梯翠忙收刈，场院粮多晒铺长。

山壑鸣鹰来道喜，溪流劲峭把情狂。

峰欣巅庆旋车舞，九月人间尽菊黄！

2019.09.12

广胜寺①感赋

松柏沧桑劲可遒，琉璃塔②耀誉全球。

霍山郁翠泽人后，泉涌长歌更古流。

五五开章烦事揽，七三③分水巧纷休。

他方之石能攻玉，赓续不思焉有秋？

2019.09.11

注：①广胜寺：位于山西省洪洞县县城东北17公里霍山脚下，寺始建于东汉桓帝建和元年（147年），原名俱庐舍寺，亦称育王塔院，唐代改称广胜寺。②琉璃塔：琉璃宝塔，属世界十大琉璃塔之一。③五五、七三：指该寺下的灵泉独流，处于山西省洪洞县和赵城县（原）交界，历史上两县曾因分水不公，族里乡亲，横目冷对。后知县巧用油锅里取铜币的方法，获得三七分水而罢争，使灵泉更名。

观壶口瀑布哮瀑长流

跌宕横流啸万年，浑玄瀑就骤然间。

弧光霁宇蝉风月，筑梦来天难赴前！

2019.09.09

菩萨蛮
黄　鹤　楼

烟波万里滋芳玉，浩歌千古当长曲。

峰转碧流清，浪推波涌明。

英雄多少泪，纸上笺书醉。

黄鹤已仙登，史留人后名！

2019.09.07

汤王山旅怀

绯日高悬雨雾浓，乡音又使少儿崇。

鸟鸣仙乐庄村嗒，蝉韵声催暑热桐。

碧野红房排冠伞，层田递锦俟农躬。

一心攀越逢知故，细语咽云挽岫东？

2019.09.06

菩 萨 蛮
七十华诞祖国颂

长波万里催新晋，千年频阅烽烟汛。

血溅英雄悲，泪期何日威？

睡狮旗啸醒，国建谋民幸。

上揽广寒宫，下游洋海沖①。

2019.09.05

注：①沖：chōng，（水）又深又广。

忆 秦 娥
八 泉 峡

千峰竞，层烟叠绕环纱劲，环纱劲。

灿云仙影，峭石姿清。

卧松势野飞霄景，银流曝①谷喧声顷，喧声顷。

涧深潭静，酒家人幸！

2019.09.04

注：①曝：pào，声。

菩萨蛮
曦　晨

天边怒海云潮卷，清留鳞甲曦晨现。

楼宇唧①虚光，水明辉耀芳。

皓空明月静，绻鸟风摇醒。

剑影啸亭台，吟天唤日来！

2019.09.03

注：①唧：xián，口含的意思。

红　叶　赋

秋来曙色菲，叶①小践习归。

头戴双重羽，胸中百事追。

初心细谋划，使命勇担回。

为把鲜花衬，甘当绿叶肥。

2019.09.01

注：①叶：指每名党员。晋城市委组织部称为"太行红叶之家"，每名党员就是一片小叶子，片片红叶映太行，故有"叶小"之称。

念 奴 娇
峡 谷 行

随峰陡落，厉风阴峡冷，光天难见。

岩壁曲行轩画揽，石路车悬云漫。

巅腩观天，屈松喊月，醉美他乡愿。

小桥旋舞，灌枫浓密遮眼。

层跃峦翠高衔，雨归云敛，翠冠花溪远。

峡窄潭深呈碧绿，汽笛声喧波绽。

峭乳中天，潺流欢绕，石径银天恋。

老根横曲，亘河随影留挽。

2019.08.26

游 八 泉 峡

乳峰孤立矗云天，流水鸣欢蝉韵喧。

灌木蓬纱欲滴翠，苔藓路嵌壁峡蜒。

碧潭迎客掀白浪，根树作桥呼玉颜。

岩壁限观阶缝起，银溪曝谷不思还！

2019.08.24

王莽岭上话云风

一

涛云瀑海日悬台，万壁千峰光煜开。

涧壑流鸣声击水，烹烟炊饪有宾徊。

街房瓦巷石玄彩，欢鹊颠柯巢树陪。

画影漓江人说似，柴桑鸡舍梦中猜。

二

苍云入海日悬张，万壁回旋势欲狂。

幽壑清流出涔涧，垄耕夜晓沐风霜。

涛音岚画鸡鸣伴，炊火农家香缕长。

曲路攀崖难贯顶，酸言苦泪为今徜。

三

雾凇冰挂又仙乡，穹慧熙晨天绍黄。

峰领丘墟颠汛岸，霞偕原野著华章。

琼枝玉叶寒中唱，断壁危崖粉墨扬。

旭耀银山玄七彩，风来助力月迷茫。

四

我站人天一步桥，指峰穹外画云娆。

晨帷日耀金鳞色，夜暮霞连水镜遥。

瀑降琼崖似鹏展，鸡鸣坳野筏舟飘。

闲耕低处牛欢逸，窥俯桃园烟火娇。

2019.08.20

注：王莽岭：国家4A级景区，在山西省陵川县，因王莽追刘秀在此安营扎寨而得名。筑路史上的人间奇观——"挂壁公路"镶嵌其中，是"清凉圣境"，也称"太行云顶"。

水 调 歌 头

登汤王山遣怀

清月挂西上，圆梦去登山。熙风晨悦，庄寂菲雾羽纱穿。

村舍红房绿瓦，冠伞朦胧隐现，晖日欲高悬。

曲转水泥路，弹唱韵和蝉。

巅云下，岩峰侧，俏谁边？耕农弄影，荷草笑语应声还。

俯瞰远层光色，碧野楼群仙寓，拔地矗祥安。

昂首蓝天蔚，气爽宇轩然。

2019.08.18

注：汤王山因汤王庙而得名，位于山西省高平市东北。庙院坐落于三甲镇王家山和上池村东山的半腰上，坐北朝南，原为上下两院，创建年代不详。旧碑记载，金大定，明泰昌，清康熙年间曾有修葺。

登翠华山

峰山云涌贯天苍，错叠穷层耀四方。

隘路险孤盘墨海①，萧森竹茂瀑流藏。

线窗②风洞③神工斧，辞赋吟诗李杜④长。

径越梯旋汗如雨，凌岩瞟揽醉群芳。

2019.08.06

注：①墨海：隘口深处有一堰塞湖泊。②线窗：两石危立，中留一线天。③风洞：怪石堆砌，形成一自然冰洞。④李杜：指有石像李白、杜甫。

洞头遣怀

——是日晨，暑消欲雨，健步徒履，偶遇部队拉练，弦乐伴歌……

群峰衔舞踏锅庄，晖映绯纱透碧黄。

澄水环村迷女照，断崖线瀑雁高翔。

韵蝉鸣曲来随拍，行武练兵祈社康。

小憩烽台闻史故，弦音板乐唱心芳。

2019.08.03

逐 梦

——应市诗词协会征集庆祝新中国成立七十周年格律诗闲作

长河曲野拓洪荒，万里行吟逝海苍。

千载风骚衔皓宇，百年悲魇①断宏章。

拯民救难燃星火，建政立国经稷商。

华诞七十今兴梦，扬帆逐浪向阳航。

2019.08.01

注：①魇：yǎn，指梦中意境很让人害怕，让自己透不过气来！民间也叫鬼压身。

晨 村 旅 怀

旭日跃升奇彩喷，峰山秀叠落金尊。

层梯炫曜浮云顶，啭燕声空戏宇坤。

无欲清风轻刷浪，有心纱缦唤晨魂。

闲来兔使迎霞早，乐撒晶莹享美吞！

2019.07.13

黑石岭遣怀

——是年六月二十四日，随市诗词学会到晋庙铺黑石岭采风，观看七郎被困遗址，闻听铁拐李修仙，岳将军守寨等历史典故而思……

层岩趺宕峭丛生，漫道雄关著史经。

往事随烟浮日月，今朝有幸墨丹青。

静观玉甲鳞云去，又历秋收春种耕。

夕耀光环松更劲，雷声促雨彩虹凌！

2019.06.24

安 泽 行

（进退格）

晨昏云暗雨潇行，莽岭葱塬逝尔程。

万户庄村峰圉断，一湾碧水迤①仙庭。

园疏篱栅鲜桃翠，窑洞作坊铭史清。

为使初心不咽汨？策承犹记耒农聆！

2019.06.21

注：①迤：yǐ，韵部：纸。曲折连绵。

横岭感怀

——六月一日横岭徒步，途经栖龙湾、九女湖，走古道、攀峭壁、过栈桥，等闲谈笑……

翠绿崇山云碧飞，茶陉古道越艰危。

鸟鸣空壑轻闲色，浪逐孤台浣女悲。

附壁攀岩人竞秀，徙桥途瞰语惊随。

龙车①浮影斜阳畔，次第金仓②穗麦吹！

2019.06.01

注：①龙车：火车。侯月铁路横穿其间。②金仓：指已焦黄了的麦子。

槐花感赋

晨雨朦胧晓夜行，觅芳追梦找新英。

曲波晕晕弦中叶，翠麦梯梯辉下晶。

馨沁蕾灵侬韵客，蜂欢蝶恋墨诗声。

人间四月青黄日，食野餐花思母情！

2019.05.04

暮春晋城

斜阳夕映墨千峰，如火云霞来绣城。

花路着衣掀燕语，游园畅体悦情生。

桥边银水浮蔓柳，塘上冰轮耀华更。

丹沁①从来多毓秀，堡村②滋养更添精。

2019.05.02

注：①丹沁：指在晋城境内的丹河，沁河。②堡村：堡，指沁河流域的古堡；村，指分布在丹沁两岸的古村落。

首阳山①偶拾

峰云叠起千重浪，七彩花馨别样香。

陌落层疏鸣啭鸟，边荫沁木冠天昂。

逢时节雨桑农喜，点豆掩瓜植菜忙。

赓续秉承迎日月，峡台同祀耀辉煌。

2019.05.01

注：①首阳山：今山西高平市正北，又名羊头山，传说炎帝神农在此，尝百草、制耒耜、种五谷、做陶器、辟集市，开启农耕文明。今海峡两岸每年四月初八共同在此祭祀先祖。

早走晋城两河公园①拾遗

——是年春天，春色诱人，闲走两河，情景奇薇……

盈流观日月，市井闹中清。

烟柳梳城廓，色花奇探亭。

燕梭频互映，兰草逗飞莺。

四季宜居景，苏杭不去行！

2019.04.17

注：①两河公园：指百丽园、西秀园，是依托流经市区两条河流，改造而成的带状滨河公园。

越太行山遣怀

——是年四月，到安阳考察回晋，翻越太行山有感……

千峰筑壁立宏关，一代枭雄竟说寒。

雪落风嚎悲路断，水深坡陡喜天干。

烟霞弄媚迷人眼，熊豹痴情却作难。

沧海桑田依旧是，桥飞涧越已非前。

2019.04.16

赋太行红叶①之家

——二○一九年四月十五日下午，来红叶之家学习，有感于学习交流之真、之诚，同志之间互尊互敬互助，领导平易近人，气氛之和谐……

久闻红叶美，只是觐朝迟。

今有禅缘意，始穿柳燕衣。

平常议经典，假日自研思。

雨雪风霜后，菱蓬得桂枝！

2019.04.15

注：①红叶：晋城市组织部把学习的场所叫太行红叶之家。

王俊锁诗词集

走晋济高速观感

一

暮雨晨云浣太行，花红柳绿翘争芳。

幽峰静壑听流水，啭鸟鸣娴啄宇光。

二

梯块条陈油菜黄，耕边老树冠新装。

坳中幽落花频笑，牛舍鸡司唱逸乡。

2019.04.10

走南林高速有感

　　——是年四月，到安阳考察，过南林高速。路，曲旋回转；渠，随壁蜿蜒……

　　峰严壁磊立雄关，桥隧洞旋曲线环。

　　涧下有村三两户，径梯无路五七盘①。

　　太行自古难翻越，漳水入林何用谈？

　　今看渠悬高路嵌，方知万事志须坚！

2019.04.09

　　注：①五七盘：是指虹梯关上的五十多盘立陡的"之"字形人工石梯。虹梯关在今山西平顺县，是东出河南的晋豫古商道。先有古商道，后有虹梯关。虹梯关由古道上的"虹梯"二字得名。从山底仰望，山道如虹，石梯蜿蜒而上，如上接虹霓，故名。

清明还乡偶拾

　　村中多陌客，面孔似曾详。

　　祀祭同堂拜，烛焚齐案方。

　　追源讲家史，辈分远流长。

　　泪语他乡话，青葱染白霜！

2019.04.05

晨游吴王山偶拾

一

人觅春风去，枯酥芽嫩黄。

鹊悬轻杪喜，鹅颈水中昂。

巢燕情怀旧，羽蜂闻蜜香。

凭栏舒望眼，满目宇鳞长！

二

清风喧耳畔，野阔宇蓝芳。

谷鸟喧耕曲，翁农赶夜长。

泥塘忙碌景，归燕筑新堂。

遥看彤云处，飞桥插翅翔。

2019.03.29

晓晨赵树理公园阅鉴

冷月西山倩，穹绯映岱苍。

透松观廓宇，楼厦似帆扬。

鳞甲来增色，浅庭霞沐光。

花中欣悦鸟，声酷醉群芳。

2019.03.22

村 山 乐 晓

——初夏回乡，晓起闲游，鸟鸣如乐……

布谷开仙乐，野鸡来领声。

独槐风键舞，百鸟瑟和清。

悬露顾禾角，沐阳光耀滢。

穹云帔鳞甲，旭日要前行。

2018.06.01

路经天黎高速①即景兴赋

——是年五月十九日，陪新疆朋友到西柏坡……

山高万仞脊天行，叠嶂重重慧眼明。

着意峰峦霞借语，无心夜雨唤啼莺。

烟河旋舞妩楼宇，翠绿递黄来点睛。

娥石②欲飞娴积势，一朝迸发迅雷惊！

2018.05.19

注：①天黎高速：指山西省天镇县到黎城的沿太行山旅游高速路。②娥石：像嫦娥形状的巨石。

西柏坡见闻

低矮平房巍奕山，滹沱河水绕前川。

幽然院落祥慈脸，杰地伟人勒敕传。

若定指挥三战役，全球着眼九州观。

风云不忘初心鉴，崛起师承擘画蓝。

2018.05.19

晨 登 泰 山

——欣晨，和友登山，途闻槐香，远瞩莽山苍翠，喜读名人佳作，又观泰安城丽云浮丝……

槐香沁口径流长，鸟悦客欣来四方。

健步桥头览峰翠，躬身岩下品铭藏。

玉皇顶上掀潮滚，十八盘中滂汗忙。

激荡崚嶒①已仙醉，暡②城暧昧又奇光。

2018.05.16

注：①崚嶒：léng céng，形容山势高峻。②暡：wěng，昏暗。暡蠓，日光朦胧。

夏登韩王山

五更约起向山行，悦耳蜇鸣凤逗缨。

烈犬声嘶贯峰月，惊鸡飞窜吓宾鹏。

鼓音清荡来钟寺，川雾悬飘去虹城。

崖路崎岖林茂密，只身轻上旭光迎！

2018.05.15

徒步凤岭西村即景

——云端笔墨，书写着对百姓的殷切期盼。地上徜流，眷恋着对母亲的深情厚意。徒步凤西岭，感受红色文化，了解村情民意……

千峰叠嶂杳天远，万户闲庄梯翠连。

槐树经年述沧史，石房斑泪话儒贤。

蝉鸣涧语烟花醉，蝶舞蜂嘤芳月偏。

只惜鹭鸶①不知趣，随云轻上会桃仙。

2018.04.29

注：①鹭鸶：lù sī，鹭的一种，也叫白鹭。

清　明

（飞雁格）

清风细雨润今朝，庄户新春又绿摇。

几树鹊吟邀远客，数坡花绽唱芳娇。

岭巅柏冢云悠处，后嗣子孙燃烛烧。

诉泪抚思烟化蝶，频传喜讯到天霄！

2018.04.13

游浮山安立村

日照浮山寂野欢，小村安立觅幽然。

娲皇宫洞悬峰半，盘古庙开穹宇南。

雪韵耕言环线语，丹河夕映曲波澜。

膨槐竹院栖回鹊，石碾悠悠留客还！

2018.04.12

　　注：浮山：地处太行山脉，海拔 1033.4 米，位于泽州县金村镇。北顶建有盘古庙，北峰与珏山双峰遥遥相对，南顶建有碧霞元君庙。安立村是一个山环水抱的美丽山村。村北边有娲皇宫，建于宋朝。

游后山①桃花庄

——时值庙会有非物质文化节目表演……

悬庙古槐柏绕宅，村门独显在前开。

松峰壁立云旋后，幽户仙村窝鹊挨。

屋陋墙灰有诗录，戏音宛曲唱忱怀。

桃花仙子闻声舞，赧面羞红迎客来！

2018.03.15

注：①后山：属于泽州县周村镇，位于晋城市市区西约15公里处。这里有大片的野生桃林，是赏花胜地。

昆山①即景

云过村前荡岫妍，花开峰上翠屏添。

银翁老妪依槐下，白水飞流石绕圈。

街巷幽深田仄曲，蝉鸣悦耳客悠闲。

难寻一步游两省，多见晨秋同个天。

2018.03.13

注：①昆山：村名。位于晋豫交界的南太行山麓（属山西陵川县），在4A级景区王莽岭境内，与河南万仙山景区一岭之隔。

赴昆山过挂壁公路^①有吟

对出岩峰穹碧远，小村唯美睡中眠。

路旋崖壁攀云上，峰走山巅奇画连。

洞凿邀光生宙宇，瀑流泻梦接坤乾。

拐弯惊浸浑身汗，百里回程一袋烟。

2018.03.12

注：①挂壁公路：位于山西省陵川县昆山。该路全长 7500 米，呈西高东低之势，在垂直高度 500 米的山崖上斜穿。每隔 10 米有一"天窗"，用以透光，还可窥视洞外景色。

春　晨

雪至凤城留韵脚，冰清玉洁画精淳。

群山得体银装裹，万物灵情品性真。

晓发童颜楼竞色，昏收墨宇闪鱼鳞。

谁言燕雀无鸿志？逐梦前头它汛春！

2018.03.11

游道宝河村①

槐香喧秀色，邀我客他乡。

绿嶂围村小，白云伫岭苍。

耕夫催布谷，流水灌农桑。

银杏石房老，逢人道苦长。

2017.05.14

注：①道宝河村：坐落在太行山的最南头，位于山西泽州、阳城和河南济源、沁阳两省四地的交界处。

春　堤

堤岸风梳柳，春潮唤韵章。

桃花芬秀色，社燕乐尧乡。

绿藻浮幽水，轻舟割刈长。

虹桥蝉日月，都市溢芳香。

2017.04.12

清明归乡祭扫

——清明日，携子女回故里……

细雨绵绵归故里，含情脉脉问他详。

雾掀一角纱帷起，花灿几梁醉意芳。

冢柏坟头喧翠色，栖鸦枝上咽悲苍。

祀香明烛心相祭，仄地声嘶哭喊娘。

2017.04.04

秋晓来登韩王山

寂寞幽乡醉梦更，鸡司鸣野旷无声。

云悬浮绕沿河溢，禾慧梯鲜浪刷轻。

藤蔓荆馨待鹰兔，崖崎路险会宾朋。

凝遥东宇颜霞处，墨紧山朦渐落清。

2016.08.20

注：韩王山：位于高平市东北部，主峰海拔1186米。相传春秋战国时，秦困韩王于此，故名。

太行人家

幽村栖落峰山坳，斑鹊鸣飞云壑西。

红叶欣迎背包客，径蹊缓上漫芳梯。

庭中谧谧秋实景，陌北盈盈冬菜齐。

拓展①童期寄来日，欢旋白水浪轻啼！

2016.08.18

注：①拓展：指来此参加拓展活动的夏令营儿童。

晨 云 幻 变

（古体）

——秋日，雨后霜晨，雾悬云幻，村静鸟寂，景色玄奇……

晨秋霜叶白，云墨黛山苍。

鸟绻①庄村寂，霞丹幕浴光。

东天升日耀，西境雾翻黄。

宇丽芳云熳，嶂清松柏昂。

风寒拂面瘦，丝泪帐纱藏。

2016.08.17

注：①绻：quǎn，形容情意缠绵，难分难舍。

游青天河

群山对峙岸双成，丹水截湖景霁明。

谧溢庄村仙画映，轻云流碧倒悬庭。

低堤掀滚①彰工艺，峭壁飞车更高精。

为有新天多壮志，须眉不让也峥峥。

2016.08.11

注：①掀滚：指滚水坝，是一种新型水利工程技术，用于农田灌溉。水多时可溢流。修建水库时，曾有一支"铁姑娘队"闻名遐迩。太焦铁路、高铁都从旁经过。

重回军营

（飞雁格）

——故地重游，探访曾工作过的地方，并看部队汇报表演而作……

塞外峰山铁血魂，寻情万里赴边门。

楼轩纵宇浮丽白，雪映崇辉环紫焜①。

喝喊声迎操步紧，枪鸣弹急幕霞存。

夜来风雨温奇梦，还我青葱十八春。

2016.06.26

注：①焜：kūn，明亮。

特种兵夜间射击对抗赛感赋

昏阳饮血落冰寒①，太白②孤悬来领观。

风紧云玄吹面冷，声嚓士振击鹰残。

靶标明灭如星闪，弹迹光旋媲箭兰。

为得边关笙乐乐，常操习演见曦欢。

2016.06.25

注：①冰寒：指冰峰雪山。②太白：指黄昏时分，出现在地平线上的星星，民间称它为"太白"或"太白金星"。

相　聚

鳞光波影送清风，酣半宴欢歌舞升。

银碗铜茶祈谷酒，别情细语话曾经。

边山走马迎霞起，哨卡轮值到夜轻。

蜃幻云掀驱寂寞，柴门炳月岁华更！

2016.06.24

赛 里 木 湖

——是日晚至赛里木湖，有牧民酒后驯鹰；有牧民挥鞭逐马奔驰；有牧民酣唱红歌"大海航行靠舵手"……

周山辉耀雪群跟，墨秀雄姿勒画嶟①。

夕照原绯霞幕紧，毡环星落诱神魂。

湖天镜映双重色，风月驯鹰几马奔。

琴挑声随欢兴起，轻歌曼舞酒仙吞。

2016.06.21

注：①嶟：zūn，1. 高俊的样子。2. 山石高峻尖削："石嶟沓危立"。

东望天山上果子沟过斜拉桥吟

关山巍奕矗云天，莽宕娇仙缓落前。

炽日焦颜寒雪泣，辽原壮秌草无边。

瀑流耀映毡房错，松黛雾悬冰域连。

曲上蜿旋跃云海，斜桥光影月勾弦。

2016.06.20

车行吐鲁番

（蜂腰体）

雪山高耸彩云飞，戈壁沙滩紧后追。

银路遥天归一处，峰云聚日幻三维。

风电高悬光伏艳，瓜洲绿海坎儿①随。

葡萄沟里葡萄兴，千佛洞前弹唱谁？

2016.06.19

注：①坎儿：坎儿井。

天 池 行

清风冷月旷原寒，雪映峰山霞帔冠。

牛马转场①鞭牧脆，笙歌弹唱野炊欢。

青流白浪随车舞，墨岱翠松丛草珊。

才捕飞鹰夺鱼鹳，又欣波影网曦盘。

2016.06.18

注：①转场：指由春季牧场转往夏季牧场的牛羊。

白马寺山^①徒步

白马寺山来信步，春风晓色雨淋棂^②。

飞云泼墨妍新翠，峦黛徽金绣锦屏。

路转峰回听鸟静，花开绿野沁芳亭。

人生不意寻常事，励履忱心直面情。

2016.05.07

注：①白马寺山：又名司马山，位于晋城市市区北五公里处，相传北魏司马懿封长平候曾登临此山而得名。②棂：líng，1.旧式房屋的窗格；2.长木。

赴圪台村^①翻越西珏山有感

——是日晚去抗日圣地圪台村所见有感……

暮色苍茫山翠薇，梨花吟罢觅它菲。

风吹梳柳鹃啼宇，夕映金辉叶见肥。

坡陡云悬崖路曲，荆香兔隐劲松巍。

光颜奇幻仙霞醉，逐浪峰高叠涌归。

2016.04.07

注：①圪台村：位于高平市区西部，地处山区，因村子坐落在半山腰的一个面积不大的平台上，故称圪台。在抗战时期，是抗日民主政府所在地，有太行小延安的美称。

古 樟 树

新枝奋搏荡乾坤，老杆知书报母恩。

藤蔓传情横作揖，终身为画受天尊。

2016.04.05

晓　起①

鸡鸣欣摆渡，流水唤渔晨。

利引东西客，声来晓起人。

2016.04.01

注：①晓起：地名，位于江西省婺源，是典型的徽派古生态民俗文化村。

104

游 浔 阳 楼

浔阳城外浔阳楼，风雨千秋风满楼。

一色江天楚天过，百家墨论浪神州。

长河滚滚长流水，岁月悠悠岁未休。

日暮江华沉默景，万年影剧刻心头。

2016.03.30

江 岭

江岭来娴逸，登高云俯低。

远山余未尽，近寨竹楼齐。

极目黄花翠，躬身蝶漫媞①。

泪垂情激奋，不碍画眉啼。

2016.03.29

注：①媞：tí，1. 美好，如"西施漫媞而不得见兮"。2. 安详，如"有女怀芬芳，媞媞步东厢"。

彩 虹 桥

——二〇一六年三月二十八日，至婺源电影《闪闪红星》拍摄地有感……

闪闪红星记忆深，少年追梦去崇神。

苍山碧影千帆景，古渡长亭万事陈。

伐竹推排借流水，碓车巧用会群伦。

速行舵稳需遒劲，得续赓传惠子民。

2016.03.28

山间人家

——是日，去婺源赏花，高速过大别山所见有感……

湖漾春山欣菜黄，竹前松后院厅方。

酡①阳欲落千崇外，摆渡需经百日忙。

稻水人家欺暮色，插秧镜映借光行。

令时不解耘耕苦，气节催农还雨伤！

2016.03.26

注：①酡：tuó，喝醉了酒脸色发红。

西江月

圪台村巅欣暮色

老树蔓杆霞蔚，凉风透吸神回。

穷山浪海碧波追，人矗峰头星沸！

飞石缘何魂醉？乳峰夕下奇晖。

银锄高处映光微，弦月牵牛耕媚。

2016.03.24

魂 梦

（通韵）

——是日，夜梦吟诗，很得章法，激动之余，诗录而记……

万山幽碧彩云轻，博野丛塬鲜绿呈。

堪得名师传韵赋，更需朝圣径天行。

路欣闪电春雷起，巅获旋流瀑雨迎。

暗喜人生钟此幸，金樽邀月食豪羹。

2015.09.21

悯 农

——晨秋，漫步在乡间梯田径道，有农为减少鸟害，使谷子增收，而早早起床，鸣炮惊鸟，有感而作……

梯色斑斓墨岱苍，轻云薄雾日玄祥。

条旗星耀多边展，稻草人欢各一方。

竹炮声悠驱寂野，哨歌音婉吓恫螀①。

为添斗米三更起，守晓轮时赶雀荒。

2015.09.12

注：①螀：jiāng，一种像蝉一样小虫，这里泛指各种鸟。

夜上太行山

日落时分上太行，山高坡陡暮苍苍。

辉霞点彩金环耀，银路飘悬墨黛藏。

河曲涧深天一线，飞流溅瀑画千张。

奇峰险峻惊言里，赋月攀云如梦方！

2015.04.27

游南太行凤凰山

——当天，随友去红旗渠，沿沁辉线翻越太行山，因雨洞塞，绕道而行；途经凤山，云飘霞浴、柱立群峰；山寨人家、银田耕织；崖边桃杏、蓬槐冠椿；独特风光，使人留恋……

千峰竞立云中秀，万壑闲畴水碧流。

车外荆馨香入骨，崖边路险语惊休。

攀遥曲上人仙醉，小憩桃园槐下留。

石寨无声狺①犬吠，昏田瘦影月玄钩。

2015.04.26

注：①狺：yín，犬吠声。又如：狺狺；狺犬；狺吠。

游丹江水库

丹水幽深霞色早，滢光塔影岱嶒清。

笛轮横渡声回远，浪遏飞舟虹倒生。

鱼戏沙洲栖雁喜，浩波烟淼海明琼。

渠头昂首冲天去，爱洒中州达冀京。

2015.04.12

高速"游"感

驴友相邀去淅川，太行莽亘隧轻穿。

峰奇桥俊云仙就，苗绿花黄原野贤。

炊缕飘旋起山后，银田曲下落湖前。

红楼墅影匆匆过，媚景欣心到月眠。

2015.04.11

晓行太行山

晓越太行山，如同日月穿。

千峰随壁转，万岭曙光环。

路曲攀崖紧，涧深流水蓝。

扶摇几百里，广野茂原欢。

2015.04.09

丹河咏春

九尽春来喜燕啾，丹河①曲柳醉枝头。

裙丝博眼城中秀，日煜风和水上游。

花海闲流捧云走，赏心悦目韵声留。

可怜岁月无情手，仗剑执秋它不休！

2015.03.24

注：①丹河：位于山西省高平市境内。

郊游洞头①

清明时节去寻青，鸟语花香遍野昤②。

黄绿环山间翠柳，洞桥隧架鹤鸣汀。

小村幽坐群峰坳，丹水盈旋众佛亭。

谁悯旱连③英瑞色，不奢权贵落枯萍？

2015.03.20

注：①洞头：村名。位于晋城市东南部山区，因山中有洞，冠以村名。据府志记载，唐、宋曾是盛游之地，明、清设有驿站，今太焦铁路从村边通过。②昤：líng，日光。③旱连：连翘的别称。这里受平仄约束而用。

咏小密叶杨^①

漠海栖生密叶杨，传奇旷古立荒凉。

百年树木萌童样，千载风霜始茂阳。

瘦体枯干焦叶渴，初心不忘把沙良。

冠缨虽未蓬勃状，原固抗风频送香。

2014.09.01

注：①小密叶杨：属胡杨类，有一千年生而不死，一千年死而不枯，一千年枯而不倒之美称。

太 行 秋 色

烟雨霏霏秋气寒，蓬原绿野意悠然。

闲看雁过悲鸣独，横览谷沉欣喜连。

千岭回眸迎画卷，万梯吐翠晒粮全。

太行情结留何处？随雾飘悬到梦娟。

2014.08.29

游属都湖有感

——是年秋日，去香格里拉，美景惬意……

肃穆幽天冷树堆，穹山墨宇景仙妃。

薄纱轻舞飘青丽，霜露凝枝幻白菲。

鹤唳声空惊雀梦，雪巅霞幔醉颜归。

属都湖澈如泉水，晨雾倒悬更蜃徽。

2014.08.25

久旱逢甘霖

——临近立秋，天旱无雨，百姓求雨，恰逢甘露而作……

万里云山抚日来，千龙出海跃天台。

金鳞玉甲悬穹上，裂土尘颜脚下哀！

谁在九霄空遣将？氤氲不雨病根栽。

疾雷始作甘霖至，翁婿泪流盈满腮。

2014.08.08

登 法 云 寺

寂寞庄村狺①吠犬，蚤螯幽叫唤天明。

徐山灵雾丝烟起，袭意凉风纱浣清。

步紧蝉惊吱一片，荆香露浸蜜三成。

法云寺外高峰上，幻海云流旭日生。

2014.08.03

注：①狺：yín，犬吠声。

王俊锁诗词集

春 到 晋 城

——四月，清明霏雨，百花盛开，整个城市如荡漾于花海之中……

远山梯秀履新装，晓月清风驻太行。

瀑海流涛时幻梦，幽村韵堡岁承祥。

厦仙楼煜人作画，云浣淞雕天赋章。

俚巷声牵游子梦，花魂①旭耀更赢芳。

2014.04.08

注：①花魂：指晋城获得的16届国际花园城市综合金奖。

清明回乡祭扫有感

（飞雁格）

些小庄红古朴风，色悠花艳影躯清。

乡音落寞声声起，街巷依稀历历呈。

庭院悲催多趣事，老房犹梦少亲迎。

坟前烛纸勾魂醉，眸演生平遥祝情。

2014.04.06

春　山

——春日，游走乡间漫野，听两农夫隔河对岸谈笑风生，说家长、谈国事、聊时情……

幻海云流随壑走，青枝碧透醉心头。

花开原野欣峰秀，雨润山前欢燕啾。

溪水蝉鸣巢岸柳，崖田对织事关秋。

言谈基辅①烽烟急，话转南沙填岛悠。

2014.03.27

注：①基辅：乌克兰的首都。

北上太行山

——是年春天，去新安龙潭峡，返回时所见有感……

沃绿徜徉花溢香，骋驰千里现归翔。

浮游侧影漓江似，圆目凝祥乃太行。

伟岸一山葱郁去，悲情几许涌愁伤。

居家不解思乡苦，枉说离欢话别凉！

2014.03.17

太 行 春 晓

——是年春回乡，早至长平①古战场赋……

鹊跃桐枝时欲暖，吠声远应小村寒。

丘塬漫野黄兼绿，庭庙高悬云溢川。

曲径通幽闲步赶，艽蒿石砌隐墙砖。

极峰俯眺残壕断，迹没烟尘浮史端。

2014.03.07

注：①长平：今山西高平，历史上秦、赵两国曾在此激战，称长平之战。此战以赵军的失败而告终。加速了秦国统一中国步伐，留下了许多成语典故、历史文化和地方名吃。如：纸上谈兵、嫁祸于人、毛遂自荐、窃符救赵等成语典故；围城、石门、徘徊、换马，米山、三甲（弃甲）等历史名村和烧豆腐地方名吃。

赴圪台村有感

气爽晨新游太行，霜天满目宇轩昂。

风驰雨密欣然去，车缓雾茫出秀芳。

秋果攀云依陌远，逸禽崖上羽闲张。

栅栏圈畜有时日，皂角虬旋说史长。

2013.08.21

蟒 河 之 秋

突兀山形花翠嵘，客游慢域享从容。

猴情不识人心苦，犹戏苍茫栈道淙。

白水潺流开瀑景，轻云漫舞锁葱茏。

乳峰博誉闲舟荡，途雁转南钟此穹。

2013.08.15

泪　秋

雾烟醉雨说今秋，满目空山云荡羞。

曲涧青流谁咽泣？洇禾作画墨难收。

2013.08.05

晋 城 颂

——有感于打造北方水城之丽景……

一

千峰叠翠穆然起，漫道雄关竟唱谁？

碗子城①边曹魏恨，长平史上话颇②威。

巴公塬③里隋唐兴，棋子山④中王莽追。

抗日烽烟丹血聚，豪英慷慨泪人垂。

二

舜在历山尧在斯，炎耕耒谷世人随。

康熙字典午亭攥，孔子回车⑤礼乐垂。

白马拖缰⑥神话远，双峰吐月⑦号军吹。

水城云秀描仙景，璀璨蟒河⑧擘画期。

2013.05.16

注：①碗子城：地名，形状似碗一样的城池，处于豫晋交界处。②颇：指战国时期赵国将领廉颇。③巴公塬：地名。④棋子山：地名。围棋发源地。⑤孔子回车：传说孔子周游列国，到此因儿童玩耍建城，叫其让路，童与孔子对话被折服而回车。⑥白马拖缰：当地神话传说。⑦双峰吐月：指珏山景观。⑧蟒河：地名，景区。

道宝河村闻鉴

岚峰叠涌锦川连，秀水轻流帆倒悬。

夕没鳞云金炫玉，山映佛兽月勾弦。

石街深巷槐头远，梯瘦地丰星里旋。

老调新莺曲依旧，啸风歌畔我炊眠。

2013.05.11

李 寨 行

——五一小长假，前往泽州县景区"沁河第一湾"鲸鱼峰见闻……

逸兴乘风览太行，黄花漫野灌浓香。

翠梯直上浮云海，银路弯旋入秀芳。

碧水盈流回首笑，渔歌帆悦画情张。

老街石巷悠长韵，游乐漂娴聊发狂！

2013.05.03

登 珏 山

跌宕山形层叠层，丹河拱跨^①像飞鹰。

双峰吐月^②灵云静，孤寺^③盈槐子孝承。

龟影^④蛇清^⑤圆法道，台高宇廓应天兴。

太行自古多名胜，石硖情深涌画澄。

2012.10.15

注：①拱跨：指山西晋城丹河大桥，位于太行山脉南端，在山西晋城——河南焦作高速公路 k10+300 米处跨越丹河，是亚洲最大跨径石拱桥。②双峰吐月：指坐落在晋城市区东南 13 公里处的丹河南岸的珏山，其双峰对峙，每到农历十五日，月亮冉冉升起，恰位于双峰之间，八月十五蔚为壮观。③寺：指青莲寺，原名硖石寺，有"子抱母柏"奇观。④龟影：指位于右侧形似龟壳的小山。⑤蛇清：指位于珏山右侧悬崖峭壁上自然剥落的形似蛇形的印痕。

雨中登山

——是年秋日，云雨霏霏，外出登山即景……

雾恋青山丝雨霏，虹桥飞影水中辉。

云峰没处声狺吠，重步拾阶身贱微。

2012.09.15

春登白马寺

春日邀朋去望山，红桃碧野杏怡然。

悬云飘处飞白马^①，南雁归时湖绿翻。

雾幻城菲峰独览，寺清晨寂几烟团。

轻身直上景公塔，霄外观涛看旭欢。

2012.03.08

注：①白马：指白马雕塑。

晨 秋 漫 步

——寒露过后，沿乡间小径，登山眺远：幽村静寂，丝雨霏霏，秋收后的田野仍留给人们，另外一番蓁苍之美……

红日秋寒桑地白，丝丝青雾映枯苔。

凌黄才觉风萧瑟，茂绿不知声雁哀。

夜冷山清增色彩，晨新滴翠把衣裁。

一年又是霜飞现，片片叶笺魂梦来！

2011.11.05

赴 渝 有 感

——秋日，雨中乘车经太行山到郑州，之后登机去重庆，所见有感……

秋色斑斓晰雨霏，空山墨岫快云飞。

长桥连水岩峰去，翠野锦橙机摄微。

浪卷白花堆玉雪，光留金影冠霄妃。

昏阳似旭佛来日，夜落翔安促梦归。

2011.09.16

出行小浪底

——是日，应朋友之邀，前往黄河小浪底，观泄洪排沙，出太行山，居高临下，沿途俯瞰，山峰似浪，云飘月蟠……

气高秋日意轩昂，越岭乘车下太行。

云涌千山蟠月洁，峰迎百浪向阳芳。

辽原阔宇悬河溢，亘古奔嘶沧海桑。

今阻横流小浪底，国安泽顺惠民康。

2010.10.03

贺 通

——欣闻精伊铁路博尔博松隧道通车有感……

洞贯天山轻堑越，初闻热泪早旋眶。

得欣松雪湖原翠，更喜奇珍物宝芳。

驭马挥鞭酣酒去，号宣捷便此关乡。

云飞边塞情激跃，万里随援来戍疆！

2010.07.05

注：博尔博松：地名，是精（新疆精河县）伊（伊宁）铁路上的卡脖子路段，位于西天山深处，隧道地质结构十分复杂。

山 晓

——是年"五一"，登山即景……

雾漫金山峰竟摇，百川燕语凤音娇。

林深径陡随崖曲，湍水急流绕寺飘。

柴户门前云揽翠，高歌①声里舞逍遥。

禅宗佛地来修性，花乐风迎松乐箫。

2010.05.01

注：①高歌：指远处乡村的高音喇叭声。

太 行 行

一

极目遥天山万重，绵延起伏似千龙。

彩云流瀑峰岩下，村落幽鲜屏画秾。

鸟乐花馨青涧水，角楼亭榭白皮松。

太行石径崎岖路，予揽亦欣情越浓。

二

跌宕烽烟掩画重，云山呼雨荟葱茏。

盆原辽市明珠串，陡寺丛峰傲碧穹。

岭上花开流瀑兴，潭渊水漫草飞空。

千年福佑兵雄地，炫古承今势逐虹！

2009.04.05

晨 登

晨云欲揽太行山，急雨先行闯万关。

岭上风高通塞北，崇中雾漫似江南。

拱桥黛瓦枯槐老，飞寺孤悬鸣燕盘。

俯瞰层峰胸荡远，吟诗墨画逸情还。

2009.04.02

春

（通韵）

绿柳垂丝润物舒，暖风细雨燕回途。

青枝旋蕊蜂蝶诱，阡陌梳新妪叟图。

万顷波涛鲜如绘，千峰云绣起扶苏①。

周山烂漫及时寄，跌宕春潮寻却无。

2009.04.01

注：①扶苏：古人对树木枝叶茂盛的形容。

阴历三月初三登珏山①

径天直上道颀长，神爽心惊窥太行。

雾雨烟晨奇画勒，斜阳暮照梵音翔。

双峰捧月悬银海，一水岚青话白霜。

桥②影随弦箭南北，多维耀色入苍茫。

2009.03.29

注：①珏山：佛道名山，位于晋城市区东南13公里处的丹河南岸。主峰海拔973米，素以险峻、雄奇驰名，古有"晋魏河山第一奇"之美称，"双峰捧月"为晋城四大名胜之一，是避暑胜地。②桥：指丹河石拱桥。

画 堂 春
魂归园田军旅

柴门齐圃陌疏新。白杨排厦鸡闻。气暄微事梦中真。熟影人春。

夜灌蚊叮食面，闲聊美味穷贫。妍霞暮色又时分。魂挂前尘。

2009.02.15

画 堂 春
元 宵 见 闻

华灯初上月掀欢。冰封夕映霞阑。暮栖归影鹭双翻。今夜眠难。

车往人来戏涌。笙歌鼓乐音传。肖容丑态彩飞团。老逗童顽。

2009.02.09

陋 室 赋

朝沐曦光耀晋城，暮和霞色画添声。

顶红塬绿环山翠，雨过云稀落野清。

鸣鸟群楼收眼底，品茶饮酒话诗楹。

霓虹灯外轩庭静，别具风情邀月明。

2008.09.15

渔　晨

雪留云去远山轻，碧水闲舟早逸行。

天际幻颜霞出彩，涛河生浪镜鲜明。

晨曦飞鸽携阳舞，暮夜添灯陪月笙。

巴扎①今朝娴甩卖，欢心悦割嗓音清。

2007.03.09

注：①巴扎：维吾尔语，意为集市、农贸市场。

送　别

喀什河①畔送君行，虎口②桥旁把酒盛。

浪卷胡林霞慢舞，风吹红柳落诗声。

边山耸耸热血泪，将士殷殷关月情。

回首同肩多故事，道来娓娓泣歌亭。

2007.03.08

注：①喀什河：也叫哈什河或伊犁喀什河，是伊犁河的第二大支流，源出天山山脉与依连哈比尔尕两山之间的东北麓。向西流到伊宁县墩麻扎附近与巩乃斯河汇合。
②虎口：指喀什河流域尼勒克县乌赞乡至加哈乌拉斯台乡之间的一座山名，因地势险要流河湍急而叫老虎口，是事故多发地段。

车上太行山拾遗

——是年春，回家省亲，远看太行山山峦叠嶂，云雾霏霏；近临太行却风景独特，别致诱人，久违的乡音、乡情，扑面而来……

重山叠翠蜿蜒起，百鸟翻飞雪唤春。

细水缓盈溪涧走，黄花绿浪满坡陈。

晓晨云岫来旋舞，午夜流星始幻纶。

再看银河舒万里，豪杯畅饮去前尘。

2007.03.06

碧 空 赋 怀

（蜂腰体）

极目长空银镜舒，霏霏烟雨转时无。

金鳞喷舞千形幻，银箔印花唅万珠。

气旋浪卷沙原泣，冰雪融流润劲胡。

博域苍茫如绣色，诗情擘画胜姑苏。

2007.03.04

登七佛山①怀古

七佛圣殿耸云天，半壁悬留泫氏②边。

伟岸青山淘日月，吟笺长史铸心田。

神农炎帝桑植此，大将廉颇悲泪鞭③。

古往今贤垂范地，慧迎百强祉福绵。

2007.02.02

注：①七佛山：位于山西省高平市，海拔1200米，古有"七佛山上踩七砖，看到黄河九道湾"的民谚。七佛寺创建于唐代，传说：僧人在山脚建造了七尊大佛，一天早上，发现移到了山顶。原来，山脚有五个山洞，洞中有五条神龙。龙是佛教的护法，它们看到佛像建造在山脚，觉得自己不能和佛像并列，于是合力将佛像抬到了山顶。后因佛得名，叫作"七佛山"。②泫氏：地名，在今山西高平。境内有炎帝庙，著名长平之战遗址。③悲泪鞭：指廉颇在高平驿站换马（现此地叫换马村）后，不愿离开的场景。

军 旅 舒 怀

投笔从戎万里遥，胸怀四宇卫边霄。

崇心竞武凌宏志，豪墨娴文岁月涛。

冰雪欣当消渴水，苦辛闷向问诗潮。

回思漫漫军营路，无愧家天不负朝。

2007.01.01

元旦观雾凇有感

昨日西风夜入乡，今晨斑画映前窗。

重山楼外空中舞，烟銮诗情水上扬。

雪簇疏枝花万朵，云遮残月镜千疮。

人生易逝匆匆过，当事诚心勿悔伤。

2006.12.20

冬晨接兵过赛里木湖

——冬赴精河接新兵回团，拂晓至赛里木湖，而思……

瑟风阔域冷空晴，排雁飞升向日腾。

白水微波烟曼舞，红霞泛顶雪霏盈。

湖光七色冰凌翠，墨绿三分原野清。

关塞颦眉①豪士语，征程万里赴兵营。

2006.12.16

注：①颦眉：pín méi，皱眉。她颦眉蹙额时，样子更显得可爱。

冬飞天山有感

茫茫大地雾轻霏，蛇舞原驰蜡象飞。

雪卷千堆腾玉浪，云飘万里醉金辉。

流河泽润沙洲绿，气宇旋坤岚秀巍。

西域谁言风不度，天山过后尽春晖。

2006.12.11

榕 城①见 闻

——二〇〇六年十二月从新疆送兵至福州所见有感……

榕须径下立千根，苔润粗枝入药纯。

子子相融团抱紧，层层剥落续年轮。

湖心芳草亭中戏，山外琼云玉宇真。

冬月飞花频靓眼，梦思西域恰逢春。

2006.12.05

注：①榕城：福州的别称，福建省省会。建城于公元前202年，是中国东南沿海
重要都市。

冬至赛里木湖①

一

蓝天碧水雪山空，霜雾雕淞巧做工。

嬉戏白鹅频亮翅，吟游墨客兴情隆。

湖深冬至冰推岸，叶茂秋来色染穹。

谁说西风无益处？强元复始数它躬！

二

夕映层峰巅染红，塔杉晶耀闪银空。

蓝湖碧眼纯情溢，白水烟波逐浪匆。

幻海氤悬霞作幕，凌花冰泡靓雕工。

鹤来徽色寄诗意，黪夜②飙风励绣功。

2006.11.15

注：①赛里木湖：古称西方净海，蒙古语称赛里木淖尔，意为山脊梁上的湖。位于天山西部，新疆博尔塔拉蒙古自治州，博乐市西南93.6公里处，乌伊公路沿湖南岸穿过，湖面海拔2073米，水域面积458平方公里，呈椭圆形，大西洋最后一滴眼泪，蔚蓝的水面、洁白的天鹅、金色的花朵、纯净的天空，一年四季，景色宜人。②黪夜：yīn yè，深夜，通指寅时的黑夜，为凌晨3点至5点。

秋　寄

雪映晨曦氛外红，旷原静谧浪菽重。

流波扑岸淘枯叶，夕影归驼逐牧童。

鼓瑟云峰啾雁过，别鸣情抑化声隆。

鹏霄冲宇留诗意，遍撒崇山玉色琼。

2006.09.25

夜宿赛里木

——是年赴博乐驻训，适逢夜幕降临，湖东云雨欲霏，湖西却霞光丽人……

暮色沉沦一线光，湖平如镜鹤鸥翔。

漫原碧草垠空寂，秀水环弓赤兔①骧。

雨落粼波声鼓瑟，霞飞穹宇岱山峁②。

晓行沐浴春风里，夜宿又临秋月霜。

2006.08.17

注：①赤兔：指赤兔马。②峁：áng，山高的样子。

车过准噶尔

崇山峻岭万千重，卧铁龙飞腾碧空。

粟稻飘香白浪①卷，青波②迭涌绿丛秾③。

霞依巉峭汇天远，客视湖④盈悦鹤松。

联想西征⑤当奋勇，不留残月贯长虹。

2006.08.15

注：①白浪：指棉花。②青波：指从额尔齐斯河引入准噶尔盆地的水。③秾：nóng，艳丽，丰硕。④湖：指赛里木湖。⑤西征：指成吉思汗的儿子察合攻打欧洲时，果断从赛里木湖旁（果子沟口）出兵，赢得了战机。

登小华山①有感

——是日，适逢伊犁州第二届阿肯弹唱会在此举行，欣登有感……

如画溶岩拔地起，石间点翠绿丛生。

毡房幽落浮云顶，涧水长鸣绕玺峰②。

银路径天人曲上，高阳耀眼步旋盈。

放歌阿肯③情欢悦，民汉和弦沸鼎声。

2006.08.10

注：①小华山：在新疆尼勒克县唐布拉风景区内。②玺峰：指喀什河流绕过的一座山峰，形似玉玺而得名。③阿肯：是哈萨克族能诗会唱的民间艺人，通常为对唱。

咏诺汗努尔①

（飞雁格）

藏孕深闺人未知，纯清美丽浣西施。

云缠树绕峰掀绿，草衬花盈水竟怡。

白练蜿蜒环翠泻，红霞倒影艳葩奇。

神传二马②仙情异，飞舞翩翩听鹤③啼。

2006.07.22

注：①诺汗努尔：蒙语，碧绿的湖，又称绿湖。在伊犁昭苏县境内，位于萨依卡勒河中段。②二马：传说湖中有一黑一白两匹神马，遇到功德圆满的人，会载着你周游绿湖。③鹤：传说有两只仙鹤，时不时会翩翩起舞。

思 故 乡

梦里相思几度春，荷云勒马跃溪晨。

丛塬滴翠岚禾秀，盆坳悠闲啭鸟陈。

晴日楼排掀廓宇，雾天山醉玉颜真。

虽然清苦饥肠辘，食野吞丁似海珍！

2006.07.21

车过天山赋怀

一

青松劲挺雾轻妍，数点毡房跃画鲜。

雪傲孤峰云守望，崖衔巨磊鹫盘旋。

湍溪径下九天外，彩练横空广漠间。

银路蜿蜒直贯顶，会霄聚宇揽穹原。

二

雪杉星落蜿河布，润草包幽劲马图。

冰耀前峰云岫驻，浪嘶白水石惊呼。

车旋壑壁峡中走，瀑降巉岩声乐姝。

一日携程凝四季，万山横尽启新途。

2006.07.20

练兵对抗赛

——是年，携特种兵赴师进行现有装备竞赛有感……

弯月垂西夜幕轻，孤坟独蹈砺精英。

风高疾矢空明弹，虎斗龙争不了情。

2006.07.05

观博尔博松①隧道

精伊铁路②越天山，百壑千峰壁锁关。

冰矗云霄莽苍断，浪撕白水瀑还拦。

建桥开隧入荒境，宿漠餐风雪作毡。

今尔携情飞万里，兴经促贸保边安。

2006.07.03

注：①博尔博松：村名，位于新疆伊犁哈萨克自治州尼勒克境内的苏布台乡，是蒙古语音译。②精伊铁路：在新疆境内，是两地地名的简称。始于博尔塔拉蒙古自治州的精河县，到达伊犁哈萨克自治州首府伊宁。后延至霍尔果斯，出口岸与哈萨克斯坦接轨。今是亚欧专列的主要通道。

小 重 山
空 晨 肃 野

淡淡暄烟锁幕山。幽幽栖鸟咏、陌春寒。
绿裙疏柳沁心禅。鸡鸣静、萧月走空阑。

吟鹊喜天蓝。峦云层外叠、曙颜欢。
松姿仙逸耀彤环。来翩鹤、欣呖向辉丹。

2006.03.04

硐天赋思

翠峦墨黛隐真迹，硐硐连天缝透曦。

霭借巉岩霞布势，溪攀蜃景出神奇。

梅枝哈秀呈祥瑞，潭水幽青启乐思。

南国豆红谁咽泪？蓬莱巧忆浣西施。

2006.02.19

西 江 月
雨水节来追春

鳞次高楼栉比，齐光耀映回迎。苇元村外又东风，巢树房边梯醒。

巍峨层山雄越，云浮斓壁留青。金辉万里接雷霆，将雨滋田布景。

2006.02.18

瞻伊犁将军府

洪钟溯岁鼓承悠，惠远城深又一秋。

古树参天悲泪磬，石碑寥落殿蒙羞。

翘昂角榭祈苍佑，瞋目雄狮藉仕愁。

力主销烟匡大义，谪边垦浚为民酬。

2005.09.11

双路①通伊赋思

——有感于铁路铺轨，高等级公路始建……

天马猎骑走玉川，雄关漫道锁阴山②。

西征③借路兵神降，东进置台④书信传。

飞将单骑空逝月，旌旗十万要复年。

烽烟外患知崎远，堪喜银桥落岸⑤边。

2005.09.10

注：①双路：指过伊犁的铁路和高等级公路。②阴山：指琴古科山，古又称阴山。
③西征：指成吉思汗征服欧洲时，翻越天山，出兵果子沟口。④台：指古代驿站。
⑤岸：指新疆伊犁境内的霍尔果斯口岸。

布隆温泉①旅怀

霞飞峰峤②落金婵，墨海群山光耀寒。

白水轻流云壑里，浮鹏闲羽域天间。

毡房星点沿河布，绿草锦缨花卉鲜。

夕下归驼声犬吠，童奇驭马戏孤烟！

2005.08.17

注：①布隆温泉：位于伊犁州尼勒克县。自县城东行117公里（S315线）处折入
阿尔桑萨依北东17公里可达温泉，交通十分便利。②峤：jiào，尖而高的山。

乐 高 赋

山落烟云风起高，峰莹雪帔泛红潮。

香飘万里妍如绘，银径千溪花竞尧。

逐马挥鞭声去远，姑娘追①上乐琴摇。

问情何处相思了？原野醉腾旋舞娇。

2005.08.15

注：①姑娘追：哈萨克牧民谈恋爱的一种方式。

登 山

霞依穹宇日徐东，峰耸千山落彩空。

之字人游颠步稳，花高犬吠岫云憧。

虎头①包侧蝉鸣嚖②，神女③崖前瀑水淙。

远望银河飘带舞，慢骑斜径靥④绯红。

2005.08.10

注：①虎头：山名，形似虎头而得。②嚖：huì，发出一种重复短促的声音。③神女：山名，形似神女而得。④靥：yè，酒窝，笑靥。

贺青藏铁路通车

曲径悠悠天路通，绯云淡淡玉龙翀①。

雄鸣笛叫惊阙宇，婉调深情送上穹。

2005.07.02

注：①翀：chōng，鸟直着向上飞。

飞 越 天 山

欣观闪电墨云轻，又览金波玉浪腾。

伟岸天山作衬景，纵横伊水荡歌声。

银流竞曲弹花翠，南雁归回促稻耕。

万里扶摇追日月，娴情别过域西行。

2005.03.05

霜 月 晨 思

清月雕红遁宇寰，孤星陪煜把晨还。

氤河朝发旋流急，膨木依霜墨画斓。

时有声来啄空岸，却无氲去竞千关。

霞开东国掀庐灿，日照生机哺万山！

2005.02.04

游锡伯风情园

（飞雁格）

西迁①壮举古今罕，戍垦屯疆诣谕传。

为国携家辞故土，拖儿带女愈冰坚。

凿渠开路修边卡，习武专骑练箭穿。

万里征程崇志远，夕烟从此遍乡关。

2004.09.24

注：①西迁：是指 1764 年（乾隆二十九年），旧历四月十八这天，清政府为加强新疆边防，调黑龙江、张家口、热河等处官兵携眷驻防伊犁，锡伯官兵 1020 名，眷属 2255 人。在沈阳锡伯家庙 —— 太平寺集结出发，途经今俄罗斯西伯利亚（当时属清朝版图），行程万里，途中顶风冒雪，风餐露宿，跋山涉水。克服饥饿、雪、畜力不足、水深河阻等困难，于 1765 年（乾隆三十年）七月二十、二十二日，先后到达伊犁。

兵推赛里木

—— 该年秋天，赴博尔塔拉赛北堡地区演习有感……

清风劲海旷无边，碧草狂原景致仙。

松绕云悬峰雪转，光盈波溢牧鞭还。

湖东演习兵推紧，西岸帷掀雨剥川。

漫野尘烟遮蔽眼，枪鸣炮急铁流旋。

2004.08.26

天 山 行

——秋过独库公路有感……

雪松劲挺落河宽，牧脆羊喃马叫欢。

壑窄云掀高路显，峰回道转涧空穿。

隧桥牵洞盆南①贯，峭壁旋环陡降滩。

厉色声忧心跳快，轻车漫越过天山。

2004.08.20

注：①盆南：准噶尔盆地南沿。

巴尔盖提①温泉

霞光故道入河深，卉海穷山墨彩陈。

峦黛连霄云荟萃，冰峰蓄影库容伦。

飞流直泻岑②岩侧，湍水欣观雪景晨。

泉浴驰名天下绝，痴情万里爽心神。

2004.05.06

注：①巴尔盖提：地名，在新疆尼勒克县东59公里处，蒙语意为柳树泉或红柳泉。
②岑：cén，小而高的山。

阳春三月阳城行

春风劲染绿阳城[1]，秀抱川幽花缀青。

涧水长流遗古去，奇峰异彩往前行。

亭山[2]懿酪泽人后，火电[3]云腾曜锦程。

九女[4]亢歌僖作泪，蟒河[5]入画也传情。

2003.03.06

注：①阳城：县名，在山西晋城市。②亭山：陈廷敬，康熙雍正年间的大学士，康熙皇帝的老师，康熙大字典的编撰人，号午亭山人，系阳城人，康熙玉敕其家乡所在村为午亭山村，即现在的"皇城相府"。③火电：阳城电厂，是国家煤转电工程之一。④九女：指阳城境内的九女湖。⑤蟒河：国家 AAAA 级旅游景区。

晋焦高速[1]遣怀

——晨晓，车行太行晋焦高速，雨漫雾轻……

云浮桥隐雨夹寒，雾罩青峦景态妍。

彩练环峰山起舞，轻车牵壑谷承欢。

高阙懵懂问仙鹤，古镇开怀扣岭巅。

智叟欣闻知悔悟，负荆但奉我公[2]贤。

2003.02.05

注：①晋焦高速：指山西晋城到河南焦作的高速公路。②公：指愚公。

观水电站有感

——是年七月，驱车参观吉仁台水电站①。朗朗晴空，天降飞瀑；横流独奔，水花四溅；彩虹衔环，翠色交融；湖天一色，颇为壮观。激情难抑，欣然命笔……

飘来银镜入寒天，越岭滋原莽翠连。

瀑挂晴川飞壁舞，湖藏寒谷暖崖喧。

伊河圆梦漂流畅，丽水②呈乖掣转欢。

高坝矗霄铭伟业，机鸣电唱喜空前。

2002.07.18

注：①吉仁台水电站：在新疆尼勒克县境内，属于伊犁河上游。②丽水：伊犁河古时又称丽水。

夜　训

昏山墨尽雨中兵，置豆悬砖①练稳平。

闪灭明清旋即矢②，枪鸣蛙断不喧声。

2002.07.13

注：①置豆悬砖：指练习瞄准击发时，为了提高据枪的平稳性，而放置豆粒在枪机上，击发时，豆粒还在，说明据枪较稳。悬砖是为了增加臂力，也是为了据枪稳定。②旋即矢：指用眼睛快速捕捉、瞄准目标，并果断击发。

秋月天山旅怀

——月夜过独库公路①，翻越天山有感……

幕色苍茫横宇穹，归栖雁隼嗫寒崇。

天山皓月生石缝，银海星踪落雪冲。

影印圆清明夜静，旋流曝瀑涧声宏。

秋来风起沙泥裂，广域辽原幻入琼。

2001.08.20

注：①独库公路：贯穿天山南北，全程561公里，万名官兵利用十年时间方修通，是我国公路史上里程碑建筑，牺牲168名官兵。

乔尔玛①南峡谷闻鉴

孤峰独傲矗霄空，雪岭云杉陡峭嵩。

峋石常颜沟谷上，白河唯见浪花中。

羊颠马曲多崎路，莽翠天青一水瞳。

夕耀彤云影来客，风呼雨幔到湖东。

2001.06.15

注：①乔尔玛：蒙古语，意为道路狭窄。位于横贯天山的独库公路与伊乔公路的交汇处，这里地形险要，一桥架通南北。这里风景优美，集雪山、冰川、湖泊、草原、森林为一体。在乔尔玛大桥南端，有为修建天山独库公路而牺牲的烈士纪念碑。

雨行尼勒克①

——是日伊宁，乌云密布，大雨瓢泼。然，一山之阻，却别有风韵……

乌云密布按时行，瀑线分明雨打萍。

越岭欣观情景异，白云漫卷万千峰。

茫原鸟唱玄声色，牧脆羊喃水草清。

喜叹风光无限好，才言盛世景和明。

2001.05.04

注：①尼勒克：地名，在新疆伊犁哈萨克自治州境内，处于天山腹地，蒙语意为小小婴儿或弯弯曲曲的河流。

过果子沟

——是年春天，雨过即景……

关山万仞入云端，雪耀银环生紫寒。

玉树琼花攀阙宇，绿茵芳草降尘凡。

啼鹃飞绕冰湖①嗪，牧马高歌春盎然。

沙碛谁言难筑路？鹊桥仙架亚欧穿。

2001.03.05

注：①冰湖：指未解冻的赛里木湖。

咏 伊 犁

巍奕天山绣锦川，琼峰雪景媲江南。

一湾碧水映冰酷，千树银流润草兰。

鱼米箭乡①八卦②古，乌孙③驿道域情寒。

叼羊④赛马手抓饭⑤，颂党高歌琴瑟弹。

2000.09.22

注：①箭乡：指察布查尔锡伯自治县。锡伯族擅骑射，俗称箭乡。②八卦：指在伊犁境内的巩留县，城市规划为八卦形状。③乌孙：指古乌孙国，在伊犁境内。④叼羊：新疆民间体育项目之一，就是骑马抓羊比赛。⑤手抓饭：新疆的一种传统美食。

天山之巅遣怀

风轻云伫雪群环，俯下临高眼骤宽。

石秀斑斓昏欲尽，田徽锦色醉陶然。

斜阳浮树涛声起，炊影断颜牛草还。

嚣野得思冥万事，周山无语数星繁。

2000.07.25

咏 天 山

石降横天漠域间，绵延万里气祥轩。

冰清酷影峰峦秀，芳草湖仙鹤鹭翩。

白水奔流涛蕴画，银山聚首雪当先。

毡房为得兼霞色，陪牧他方赶月偏。

2000.07.14

赛 里 木 湖

雪峰高耸彩云飞，碧海涟涟轻雾霏。

苍翠群环湖映静，黄花俏艳绿茵偎。

天鹅展翅水中靓，牛马戏追原上威。

塞外诗情那达慕①，云集盛会触霞帏。

2000.06.25

注：①那达慕：蒙古族人民的传统节日。

秋　晓

（通韵）

层林渐现日红微，冰雪玄寒耀紫晖。

沃野新晴侯农早，闲盘鸽哨俯鹰追。

河边摆渡鱼飞跃，坝上风高雁翅推。

春草芳秋才卉尽，霜携玉树又雕眉。

1999.09.20

秋 至 伊 犁

（飞雁格）

——看伊犁秋天鸟瞰图有感······

峰巅飞雪雁成行，林海淘新绚彩装。

晓起霜雕川走秀，晚来霞煜帔山黄。

渔歌击水风掀浪，粟稻飘香诗作仓。

欣览稔秋柔穆景，人间虽有但无双。

1999.09.05

王俊锁诗词集

149

秋 日 登 高

——旱年嗟叹粮减半……

登高远望驾祥云，万仞重山裸壁吟。

飞雪今朝烟雨少，雾悬他日水淋沄。

寒声人雁悯农苦，红叶秋波悲月旻。

稼穑何时遗我剑，携刀立马缚长阴。

1999.08.25

晚 景 秋 思

——读"叶落风吹随云去"杂文，嗟叹人生匆匆有感……

岭外高天云聚轻，随风灿烂景仙瀛。

冰开元始林垂茂，雁去霜雕叶幻琼。

旭耀更番也栖暮，月亏无有不圆晴？

人生嗟叹寻常事，花欲明时则亦明。

1999.08.20

秋到吉仁台①水电站有感

怪石蟠枝丛木柳，莺掀芦狄喙②吟啾。

雪湖会宇凌奇色，瀑水宣莹虹耀流。

绿毯轻梳声乐走，徙羊劲马草中丢。

细端岩画情馀景，无限遐思留岸舟。

1999.08.17

注：①吉仁台：位于喀什河中游，西距尼勒克县城 32 千米。峡谷山势险峻，随山而上的规格不一的大小石头上刻有岩画，其中羊、狗、鹿、牛等动物狂奔的景象十分清晰。②喙：huì。1.鸟兽的嘴；2.人的嘴：百～莫辩。毋庸置～（无须插嘴）。

和　　谐

——观王敬乾委员《妖娆大漠》摄影作有感……

云碧天蓝旭日威，漠风绿野景相徽。

胡杨扎土枝叶展，红柳浮沙身卷摧。

物宝深藏无异表，气华溢智有神飞。

荒疏地域且妖魅，皓月尧乡更熠辉。

1999.08.15

秋　水

——读上海宝山区副区长被留置，看秋水而思……

青山不老水长流，短暂人生何欲求？

竟尽千帆景依旧，枉留白鹭泣空洲！

1999.08.13

野　行

一

山后阳光多媚雪，峰前飞雨俟农归。

黄花间绿鲜中翠，逐水渔歌放浪威！

二

万山叠涌似波涛，鸟语花香泼雨浇。

夕下牛羊云上马，歌乡月半舞逍遥。

三

云扫山川冰雪笑，雨酣陌野惠农庄。

凉风夕晚来飘爽，驰马旋欢月色兀！

1999.08.12

唐 布 拉①

穹云弄浪起波涛，花海如烟笔墨豪。

绿水传神赋新韵，青山谱曲放歌谣。

温泉浴洗心情爽，陡径攀岩志气高。

阅尽幽川奇岭秀，轻车缓下万峰腰。

1999.07.21

注：①唐布拉：指唐布拉草原，位于新疆尼勒克县境东部。北天山南，阿吾拉勒山北，是蒙古语音译，意为"印章"。由113条沟构成，以草原、雪山、冰峰、冰川、湖泊、飞瀑等景观为主线，沿喀什河顺流而下，海拔从4000米降至1600米，降水量则随海拔递增，由250至1000毫米，景色秀丽，风光独特。

天 池① 颂

金辉夕影泻湖峰，王母闻知设宴恭。

碧树红花淘绿水，银帘玉瀑峒声淙。

珍稀迷镜幽谷底，丹鹤戏鸣巅岭松。

喜见飞虹千丈远，乘云欲去醉春容。

1999.07.05

注：①天池：在新疆昌吉回族自治州阜康市境内的天山博格达峰山腰。海拔1900米，古称瑶池。相传周穆王邀天神西游，与西王母曾在此宴乐，王母盛赞此地胜于天境，住游很久，把天池视为神镜，每日在"镜"边欢歌笑语。

欣揽果子沟①风景图

苍山远海霁峰清，雪降尘寰景穆霙②。

路曲径幽花绚丽，风轻水秀草芳坪。

裸岩奇峭黄羊跃，野果沁馨斑雁鸣。

遥瞰伊川阡陌影，尧乡丰产乐歌声。

1998.08.20

注：①果子沟：又是"塔勒奇达坂"，是一条北上赛里木湖，南下伊犁河谷的著名峡谷孔道，全长28千米。1218年成吉思汗西征，命次子察合台率军凿石修路，伐木为桥，始成车道。该沟古为我国通往中亚的必经之路。果子沟以野果多而得名，沟内峰峦耸峙、峡谷回转、松桦繁茂、果树丛生、野花竞放、飞瀑涌泉、风光秀丽，被清人祁韵士称为"奇绝仙境"。②霙：yīng，1.雪花："晚雨纤纤变玉霙。"2.花瓣："飞霙弄晚，荡千里暗香平远"。

登天山极目而赋

夜雨天山逐梦娇，晓光来演赤眉烧。

无边劲野滋新秀，不尽旋流推暮朝。

万里喷妍如画卷，百年歌舞及今霄。

娴情愉处谁能了？策马追鞭琴上聊。

1998.07.21

后　记

　　文章千古事，兢从本华彰。多年以来，虽投身于写作，但从未有出书之奢望。只是随着社会进步，旅游业的发展，人们走出家门，盘桓于山水之间，也便多了许多感赋：有的纪实、有的抒情、有的怀旧，有如百花齐放，芳菲斗艳。鄙人向来喜山好水，自然也在其中而美不胜收。每每徜徉于名胜之端、云水之间，总有说不出的激动，总想付诸笔端陈情告白。苦于语不惊人，文无章法，多有错失。但有感而不发那种压抑和不快，确实使人郁闷难受。久而久之，便有了寄情于诗词之上的想法。但碍于古诗词格律的严格深奥，一时难于掌握，便选择了现代诗的表达方式。先追风附雅，写朦胧、尝新体，但都如过眼烟云，没有很好坚持。只是对于古律，受古代诗词和毛泽东主席诗词的熏陶，以及主席其人格魅力的影响，虽步履蹒跚，但还是在懵懵懂懂中践习徘徊，得以赓续。不论是对韵的了解，还是格律的知晓，以及新韵的分部、平水韵的沿用，都有了一个长足的认知。虽还是一知半解，没有真正学通弄透，但越学越感到其乐无穷，其乐融融。大有一种不到长城非好汉式的那种执着沉迷。虽付出了别人未有的艰辛，但自娱其乐，还享受这种状态，从未有半刻停歇。作者不是一个灵

秀者，凡事基本都是后知后觉。唯有上苍赋予的实在厚重的品性，秉承父母的勤劳执着的个性，使其受益绵绵，无往而不竭！

《尚书·舜典》中言：诗言志，歌永言，声依永，律和声。在作者看来：诗词绝不是依照格律，简单平仄言语的堆砌；也不是参照固定格式华丽辞藻的嵌入；更不是"之乎者也"的闭门造车。而是具备了丰富知识积淀时，形成正确的人生观、价值观后，遇到"事物"时的情感宣泄和真情露白，所以言志固然重要，但必须有借物言志，借景托情的"物"。也就是对事物的感官认知（第一印象），是否有激动？是否有情奋？才是关键！这是写诗的基础，也是写诗的动力，更是写作耐久持续的力量源泉。就作者的体会而言，平时想不到的言辞用语，只要有了激情，便一触即发，一发而不可收。例如：古体诗《晨云幻变》的诗句，就是一个雨后的秋晨，看到云色的变化，情激顺情所至的产物。有如流水，水到渠成。于是有了"霜叶白、黛山苍、庄村寂，幕浴光、升日耀、雾翻黄、宇丽芳云煜，嶂清松柏昂"等玑驰丽语的描述。诗友说想象力丰富，其实不然，应该说只要有所略，谁都句来唾手可得，作者只是把看到的物像铺陈了一遍。是大自然的多变，赋予了人们太多的灵性，从而使人们觉知、感悟，得出心语！

今年十月，去探望战友。去时阴雨霏霏，到时云收雾起，一川秀丽，几村青濛。再看满山遍野的梨树上硕果累累，景色十分优美！和战友谈到了当兵生活的艰辛，退伍创业的酸楚，交流之深、情感之真，感受颇多！其家属是首次见面，临走时非要冒雨去山上的地里摘梨，让我带给家人！到了地里，又是摘瓜、又是拔萝卜、又是挖葱，恨不得把自己栽种的所有农品都让你拿去！

这份质朴、这份真诚，还有她的这份"执扭"，给我触动颇深，拔动了我的"琴弦"。灵感一来，我顺情而为，喷涌而发，写下了反映战友情深的诗句。"几树青濛阔野新，一川秀丽化烟晨。梨乡万木分秋色，岭上千家牵梦春。叙旧情连西域雪，话今泪送往昔贫。手娴套袋摘嬉语，目数瓜山欲给亲"。这首情感写实诗，发至中华诗词论坛，很受欢迎，颇多赞誉！

再就是人在经历了一些刻骨铭心的人和事后，心中那种难于抑制的抑闷，必须宣泄出来，情感才能得到欣慰。如：去年中元节回村祭祖，家乡因搬迁而成废墟，虽是好事，但心中着实不爽，郁闷几天后，把当时看到的残枝败景，如关公庙、侧柏、枯槐以及从其根部长起来的新槐蓬勃向上的一些遗留物，用"陈檐瓦砾蒿中没，童趣悠思哪里哀？庙柏无言伤却泪，青云有意慰枯槐。乡愁此去无栖所，裹纸化烟追梦来"的诗句表达出来，情感才得以宣泄，心里也平静了许多。

有时为了留住记忆和体验，根据当时的感受所想到的话，哪怕是只言片语，把它记下来，之后再琢磨平仄，考证韵律，稍经整合，便可呵成！有一次和朋友去南寨摘柿子，正值夕阳西下，斜阳暮照，红霞耀映，光芒四射，景色非常优美；而此时的庄村也陷入了一片沉寂之中，风摆弄着枝叶鸣叫；沟底的河水哗哗作响，静得出奇！那透空的柿子有如灯笼悬挂在树上，老人刚送走了在城里居住的儿孙，则坐在村边槐树盘根错节的根石上企望！空村、空舍、孤老问题始终萦怀。空村静野，勾起了笔者的心声！此情此景，既亲切又难忘，乡愁的留恋，别有一番滋味在心头。为了锁住记忆，当时就几个片段，胡诌了几句在手机记事簿。几

王俊锁诗词集

个月后，偶翻手机，这种印象扑面而来，随以《南寨暮色》题记，写了"斜阳欲落重山外，村寨幽清宁静回。霞感天恩华暮色，壑欣峰勇泪濛腮。风衔枝叶笛娴递，夜挑灯笼墨画开。家走老依根石冀，愁槐掌伞犬旁哀"的诗句。

再就是去年极端天气频发，对于天旱少雨的南太行山来说，却成了诗的天堂，画的海洋。可以说，每走一个地方，每到一个景点，都犹如走在画里，徜在诗里。那份激动、那种慷慨，着实令人感慨万千，浮想联翩。特别是雨后的太行山，更是形影玄幻，如痴如醉！国庆期间，和友去泽州县山河镇的大小月寺和映月寺，群峰叠翠，银流径下，随处可见。回来后，那份激动始终萦绕在心，久久未能平息。随利用了几天的时间，琢磨了五六首诗，以宣泄情感，直抒胸臆。在《秋至大月寺偶得》中用了"兀天蠡磊向穹慷，秋染霜红点翠芳"来描述大月寺后像柱石一样的岩峰岚翠。想到平时干枯的河床，用"连雨飞涛推白浪，旋流镜瀑换银光"来形容连雨后带来的清流白浪。去大月寺时，中间有几段路和河床叠加在一起，由于雨多，潺水盈流，挡住了去路。特别是大月寺旁的水泥拱桥，也被冲毁，要过去需要趟河。有些游客，干脆脱了鞋袜，挽起裤腿，享受蓝河白浪带来的幸福时光。还有些游客，住在峰岭旁的民宿里，仙云驻足，蓬翠拥怀，滩草簇围。下了河以后又光着脚攀岩登壁，享受这绿禾的苏软。这种"下河挽腿捞童趣，赤脚攀岩捡少年"的游乐体会，十分惬意。随用了"赤脚同时收碧绿，闲情惠及墅云祥"来表达当时亢奋心情！后又到沁水的张峰水库，去时正值水库泄洪，由于湖水压力山大，水从洞底流出，旋环而上，形成弧状瀑布，再行跌落，不是直接悬空而出，景象颇为壮观。因而成诗曰："洞旋弧瀑来神笔，浪卷沙洲滢紫寒"。后来经齐荣景老师指点，感到用"旋"有违常规，有生造之嫌，改用"悬"字。成为"洞悬弧瀑来神笔，浪卷沙洲滢紫寒"。

今年八月沿着朱德总司令当年出太行的路线前往青龛村。当走到圪丁村时，看到太行山层恋叠嶂，峰形峻秀奇特，连绵起伏。圪丁村正好处于群峰汇聚处的上端沟口，盆岭高地的悬断处。由此进入峡谷可以走出太行，去向中原。看到独特的地形地貌，心灵十分震撼和激动；想到当时朱总司令，为了解决国共两党争端，导路他方。随用了"形意结合、字意对应暗示"的方法，歌颂党的丰功伟绩！使字表达"形"，又暗示"意"，还对应"事"。也用《出太行》来命题，写了"层峰对出跃龙翔，一口归收万壑长。岭断崖悬槐梦寄，云乘雾驾路他方。巉岩流水浮浪白，呖雁沉鸣禾野香。遥想狼烟烽火岸，青龛今日倍思殇"来缅怀伟业、朝圣红旅！总之，"物以赋思，情以激文，景以承体，臆寓挽总"是作者对写诗的感悟！

凡此种种，皆为大自然诗情画意之倾诉，让我付诸笔端，和大家共享其千变万化的灵性动意！

我不是一个诗者，倒更像大自然诗情画意的代言人。是一个踏踏实实的诗词爱好践行者。诗词中，由于本人学识水平有限，立意构思格局不大，还只是就事说事，充其量见景触情，感物抒臆伤怀，未达深意，十分勉强。虽谨慎有加，仍有不少瑕疵，还有待时日，学而不厌，继续深思践习。

本书所辑诗词，基本按照写作时间倒排的顺序排列，本想分类而辑，但苦于多寡不匀，未能成编。

诗在写的过程中，首先遵循《平水韵》的韵律要求来完成作品，如所用字词能完整表达意境之需，则用《平水韵》表达；如所用字词因受《平水韵》约束，而不能表达其意境的，则放宽韵律要求，采用《中华通韵》，但因诗集中采用《中华通韵》的诗多，标注新韵显得烦琐，后几经思考，还是觉得删去为好；词按《词林正韵》的分韵要求而写；字句平仄也按诗词格律要求恪守谨遵。

在编纂过程中，得到了很多领导、朋友、同事、老师的帮助和指导，特别是齐荣景老师、柏扶疏部长、贾大一主席，身体力行，传承帮带，体现了一个文者的担当。同时也十分感谢贺建国、侯虎胜部长对本书出版的热情关注和有力指导，在此特表敬意！其他就不一一表述，值本书出版之际，谨一并深表谢忱。

最后用一首《韵书付梓题记》作为总结：

一朝烟雨付流东，万壑千山叠涌雄。
日煜霞奇来调色，月清星慧灿银空。
箫音竹笛会诗意，岩翠雪松凌志鸿。
娇我风云无限彩，不才也美笔神功。

作 者

二〇二二年十月二十八日